異世界で
双子の腹ぺこ神獣王子を
育てることになりました

遠坂カナレ

異世界で双子の腹ぺこ神獣王子を育てることになりました。

contents

異世界で双子の腹ペこ神獣王子を育てることになりました。

第一章　不思議な子犬としゃべるうさぎ

「ありがとうございましたー！」

最後の客を笑顔で見送り、深々と頭を下げる。

顔を上げると、柱の時計はすでに二十二時をまわっていた。

おかしい……。

豊橋（とよはし）にできた新店舗。オープニングスタッフの指導係として派遣されたはずなのに。

なぜかスタッフに交じって現場に立ち、閉店まで接客を手伝わされてしまった。

「それじゃ、僕はこれで」

『鶏料理　尾張屋（おわりや）』の店名の入ったエプロンを外し、ワイシャツとスラックス姿に戻ってひと息つく。

するとこの店の店長に就任したばかりの男性が、泣きそうな顔を向けてきた。

「待ってください、春日居（かすがい）マネージャー。クローズの作業、まだ自分たちだけでは自信がなくて……」

僕より七歳年上。確か三十歳を超えているはずだ。社歴も、僕なんかよりずっと長い。

『昨日もお教えしましたよね？』と突っぱねたい気持ちを抑え込み、ぎこちなく笑顔を作った。

「わかりました。もう一度、おさらいしましょうか」

「ぁ、ありがとうございますっ」

ぺこり、と頭を下げた彼や遅番スタッフとともに、閉店作業にとりかかる。

この時点で、朝九時から働いている僕は、すでに五時間超の残業だ。

このままでは、今夜も日付が変わるまでに家にたどり着けそうにない。

ため息をなんとか飲み込み、僕はスマホで終電の時間をチェックした。


出向先の新店舗から自宅まで、名鉄電車と地下鉄を乗り継いで一時間。

よろよろしながら帰宅すると、自宅マンションの前の道に、子犬が二匹倒れていた。

双子だろうか。

寄りそうように身を寄せ合う子犬たちは、ぐったりしていて、ぴくりとも動かない。

「もしかして……交通事故？」

不安になってしゃがみこみ、じっと彼らのようすをうかがう。

街路灯に照らし出された、ふわふわの銀色の毛に覆われた、小さな身体。血は出ていないし、目立った外傷があるようには見えない。

「シベリアンハスキーかなにかの子かな」

全体的にころんと丸っこくて、手足がものすごく太い。

今は小さいけれど、大人になったら、かなり大きくなるのだろう。

おそるおそる触れてみると、その身体はちゃんとあたたかかった。

「よかった……息、してるみたいだ」

かすかに上下する身体。そっと撫でてみたけれど、目を覚ます気配はない。

見たところ、怪我をしているようすはないけれど、こんなところで寝ていたら、車に轢かれてしまうかもしれない。

「どうしよう。放っておけないな……」

首輪をつけていないし、飼い主の情報がわかるものはなにもない。

捨て犬だろうか。このままでは、保健所に連れていかれてしまうかもしれない。

念のため、動物病院に連れて行って、飼い主を探そう。

そう思い、スマホで調べてみたけれど、この時間に診察してくれるところは見つけられなかった。

「仕方ない。朝まで僕の部屋で保護して、明日の朝、連れて行こう」

連日遅くまで残業させられているのだ。こんなときくらい、遅出（おそで）をしたって許されるだろう。

「おいで、わんこたち」

抱きあげると、子犬は驚くほどやわらかく、あたたかかった。

眠る子犬を二匹同時に抱っこしたまま、エントランスのオートロックを解除するのはなかなか大変だ。

「よいしょっと……」

口で咥えた鍵をセンサーにかざし、なんとかなかに入ることができた。

エレベーターのボタンを肘で押し、六階の自室までたどり着く。

小さいわりに、子犬たちはずしりと重い。抱えたまま鍵を開けられなくて、地面に置いた通勤鞄の上に、そっと横たえた。

すると二匹のうち一匹が、ぱちりと目を開く。丸くて大きな瞳。翡翠色の、とてもきれいな瞳だ。

きょろきょろと周囲を見渡し、「きゅーぅ」と弱々しく啼くと、子犬は、はむっと僕の指に食いついてきた。

「うわっ……！」

噛まれる。そう思い、身構えたけれど、指に激痛が走ったりはしなかった。

代わりに、ちゅうちゅうと、僕の指に子犬が吸い付いてくる。

お腹が減っているのだろうか。

太くて短い左右の前足で僕の手をむぎゅっと挟み、赤ちゃんがおしゃぶりに吸い付くみたいに、無心になって僕の指を吸い続けている。

その姿は、たまらなくかわいらしくて……。

母性本能。いや、父性本能……？

どちらかわからないけれど、ぎゅっと胸が締めつけられて、どうにもできなくなった。

「か、かわいい……！」

あまりの愛おしさに、この子たちの飼い主に、心の底から嫉妬した。

こんなにかわいい子を、迷子にさせるなんて……。

なにか理由があるのかもしれないけれど、それにしたってかわいそうだ。

指先で耳の後ろをそっと撫でると、子犬はようやく僕の指を解放し、「きゅぅーん！」と気持ちよさそうに啼いた。

啼き声までかわいすぎて、ぎゅーっと抱きしめたい衝動に駆られる。

強く抱きしめたら潰してしまいそうで、必死で我慢する。

しばらくすると、子犬はまた僕の指をしゃぶり始めた。

「もしかして、お腹が減っているのかな」

母犬の乳が欲しくて、僕の指をちゅうちゅうしているのかもしれない。

「よし、なにかごはんを用意するよ。おいで」

耳の後ろを撫でると、子犬はあむっと口を開き、ふたたび僕の指を解放してくれた。

そのすきに解錠し、抱き上げて部屋のなかに運び込む。

誰もいない、真っ暗な部屋。帰宅するたびに、いつも寂しさを感じるけれど。今日はこの子たちがいっしょだから、寂しくない。

そういえば、子犬ってなにを食べるんだろう。専用のドッグフードがあるのだろうか。

スマホで調べると、子犬のための手作りレシピを掲載しているサイトが見つかった。

「家にある材料でも作れそうなもの……これならいけるかも」

サバ缶おじや。市販のサバ缶と冷やご飯で作れるようだ。

「衰弱しているみたいだから、できるかぎりやわらかくしてあげよう」

冷蔵庫から冷やご飯を取り出し、子犬に与えてはいけない材料を確認しながら、アレンジを加えたサバ缶おじやを作る。

元々、料理人志望だったため、疲れて帰ってきて台所に立つのを、苦には思わない。むしろ料理をしていると、心が安らいで仕事の疲れが癒やされるくらいだ。

匂いに反応して目を覚ましたのだろうか。気づけば二匹とも、翡翠色のまん丸な瞳で、じっとこちらを見ていた。

目が合うと、ちょこちょこと短い足で歩み寄ってくる。

さっきちゅうちゅう吸い付いてきた子は、僕の足元まで来てすりすりと頬をすり寄せた。もう一匹の子は、離れた場所にちょこんとお座りして、ようすをうかがっている。

「大丈夫だよ。きみたちを傷つけるようなこと、絶対にしない。僕は、きみたちの味方だよ」

人間の言葉なんて、わかるはずがないと思うけれど。それでも話しかけずにはいられない。

「アレルギーとか、大丈夫かな……」

できあがったおじや。味見をしてみると、僕にはちょっと薄味だけれど、やわらかくておいしかった。

ほかほかと湯気をたてるそれを、レンゲにすくって、ほんの少しだけ与えてみる。すると、「きゅうーん！」と愛らしく啼いて、二匹ともそれぞれのレンゲに同時にかぶりついてきた。

警戒していたほうの子も、食欲には勝てないようだ。

もう一匹の子と競いあうように、あむあむと頬張っている。

あっというまにレンゲのおじやを平らげると、皿に顔を突っ込むようにして、残りのおじやを食べる。

「そんなにがっつかなくても……。大丈夫。誰も取らないから、ゆっくり食べなよ」

皿の上のおじやを食べ終えると、最後の一粒まできれいに舐め取り、二匹はいきなり僕に飛びかかってきた。

「おわっ……！」

尻もちをついた僕に、そろってもふっとのしかかってくる。

ほわほわのやわらかい身体。慌てて受け止めると、その身体がずしりと重みを増した。

「え、え、なに……!?」

驚いて目を見開いた僕の視界に、二、三歳くらいの、愛くるしい幼児の姿が飛び込んでくる。

ついさっきまで、そこには二匹の子犬がいたはずなのに。

何度まばたきしても子犬の姿はなく、代わりに双子と思しき幼児がいた。

淡く色づいた、ふっくらとやわらかそうなほっぺに、つやつやと艶めく銀色の髪。くりっと大きな翡翠色の瞳が、天使みたいに愛くるしい。

映画やテレビなど、今までに見たどんなお子さまよりも美しく、かわいらしく見える。

いったいどうして……。

パニックに陥った僕の身体に、彼らはぎゅーっとしがみついてきた。

「「わふーっ!!」」

姿かたちは人間なのに、啼き声は子犬のままだ。

ほわほわやわらかそうな銀髪に覆われた、ちっちゃな頭には、ぴんと立った三角形の獣耳。

小さなお尻からにょきっと生えた、もっふもふの巨大なしっぽが揺れている。

「「わふーぅ！」」

もう一度啼いて、幼児はぺろぺろと僕の頬を舐めた。

「わ、ちょ、ちょっと待って。僕は食べ物じゃないよ⁉　足りないなら、ちゃんとおかわりを作ってあげるからっ……」

幻覚……？

子犬、だよな。うん。ついさっきまで、子犬だった。

こんな子たち、どこにもいなかったはずだ。

じゃあ、なんで……？

どうして、子犬が幼児に変身したんだ……？

幼児の頭に生えたかわいらしい耳が、ぴくぴくと揺れている。

おまけに見事なもふもふしっぽは、飼い犬が散歩をねだるときのように、ぶんぶんとちぎれそうなほど激しく揺れている。

「作り物、じゃないよな……？」

おそるおそるしっぽに触れると、「「わふーっ‼」」とまた飛びかかられた。

床に押し倒され、ぎゅうっと左右から抱きつかれる。

『こら、ルッカ、ソラ、その人間、困惑しているだろう。離れなさい』

「やー！」

頭のなかに、直接響く声。いったいどこから聞こえてくるのだろう。

目の前には、ケモミミしっぽつきの幼児が二人。

彼らをたしなめたと思しき声は艶（つや）のある低声で、明らかに声変わり後の、成人男性のものだ。

とてもではないけれど、この二人が発しているとは思えない。

周囲を見渡してみたけれど、二人以外、誰の姿もない。

さっきの子犬は服なんか着ていなかったのに。幼児は二人とも、そろいの服を着ている。

金糸の縁取りが施された濃紺のジャケットと、同じ色の半ズボン。白いタイツにこげ茶のおでこ靴。襟元にはリボンが揺れている。

どこかの幼稚園の制服だろうか。なんだかとても高級感のある服だ。

ぷっくり膨らんだ片方の子の上着のポケットから、耳の長いまっしろなうさぎのぬいぐるみがぴょこっと姿を現した。

ふわりと宙（ちゅう）に浮き、ぬいぐるみは僕に向き直る。

「ぬ、ぬいぐるみが宙に浮いたっ……！」

どうしよう。今度こそ、完全に腰が抜けてしまった。

立ち上がろうとしても、まったく身体に力が入らない。

こうしているあいだも、ケモミミしっぽの子どもたちはぎゅうぎゅうにしがみついてくる。

子犬が人間の子どもに変身したり、うさぎのぬいぐるみが、ぷかぷかと宙に浮かんだり……。

これは、どう考えても夢だ。現実とは思えない。

混乱する頭。ぶるりと振って正気を保とうとした僕に、うさぎのぬいぐるみが話しかけてきた。

『我はヴェスタ王国の第一王子、ジーノだ。我が甥、ルッカとソラに食事を与えてくれたことに感謝する』

「は、はぁ……」

この、ちんまりしたうさぎのぬいぐるみが王子……⁉

ヴェスタ王国ってどこ。そんな国名、聞いたこともないけど……。

『お前に褒美を授けよう。そちらの世界では、この手の鉱物に価値があるのだろう』

うさぎの前足がぱぁっと光り、ちいさな前足の上に、どっしりと巨大な透明の鉱石が姿を現した。

「これは……？」

『そちらの世界でいう、ダイヤモンドだ。おそらく、そちらではまず採ることのできない大きさだ。そうだな、お前の国の貨幣価値に換算すれば、二千億円は下らないだろう』

「二千億円!?」

夢のなかとはいえ、とんでもない金額だ。

「いやいや……僕はただ、家にあるサバ缶と冷やご飯で、おじやを作っただけで。こんなもの、もらうわけには……っ」

返そうとしたけれど、うさぎはずいずいと僕に鉱石を押しつけてくる。

『ただでやる、とはいっていない。この石を売って得たお金で、この子たちが無事に自分の身を守れる年齢に成長するまで、育ててやって欲しいのだ』

全身に響くような、凛とした美声。その声はとても堂々としていて、愛らしいうさぎの外見とは似ても似つかない。

もしかしたら、本当にどこかの国の王子なのだろうか。

そう信じそうになるほど、威厳に満ちた――というか、一言でいうと、とてつもなく偉そうな声だ。

『春日居悠斗（かすがいゆうと）。見たところ、お前は善良そうだ。善良すぎて、損をすることも多いのだろう』

「な、なんで僕の名前を知ってるんだ……！」

夢なのだから、今さら慌てたって仕方がない。

そう思うけれど、それでも謎のうさぎに名前を言い当てられたり、勝手に性格を決めつけられたりするのは、なんだか気味が悪い。

『どうせ今夜も、こんなに遅い時間まで、その善良さに付け込まれて、本来はしなくてもよい仕事を押しつけられていたのだろう』

心当たりがありすぎて、なんの反論もできない。

口ごもった僕に、うさぎのぬいぐるみは、ふん、と胸をそらしていった。

『私を誰だと思っている。大陸一の魔術大国、ヴェスタ王国の次期国王だ。私の鑑定眼をもってすれば、お前の素性（すじょう）を視ることなど造作もない』

鑑定眼。またへんてこな単語が出てきたぞ……。

鑑定って。僕は人間だ。古美術品でもなんでもないのに。いったい、どうやって鑑定なんかするつもりなのだろう。

『春日居悠斗二十五歳。名古屋市出身。N大学を卒業後、尾張屋フーズに就職した入社四年目の会社員。お人よしを絵に描いたような性格で、周囲に流されてばかり。自分の想いや意見を口にするのが苦手で、生まれてこのかた一度も恋人のいたことのない童……』

「わー、やめろっ!!」

慌てふためく僕に、ちびっこたちが不思議そうな目を向けてくる。

「どー？」

「そんなこと、気にしなくていいよ！　って、えぇっ、犬がしゃべったっ……！」

『犬じゃない。神獣だ！』

「しんじゅう……？」

『神獣。霊妙な力を持つ特別な獣のことだ。聞いたことがないか』

子どものころにやったロールプレイングゲームに、そんなものが出てきたような気がするけれど……熱心にやっていたわけではないので、よく覚えていない。

『ルッカとソラは、こちらの世界で最強と名高い、稀代（きだい）の神獣王の子どもなのだ』

ケモミミしっぽつきの幼児や、人間の言葉をしゃべるうさぎのぬいぐるみ。

それだけでも、頭がどうかしてしまったのではないかと不安になるくらい現実離れしているのに。

その上、神獣王だなんて……。

いったい僕は、なんてトンデモな夢を見ているのだろう。

まあ、いいや。どうせ夢なんだ。深く考えたら負けだ。

精神の安定を保つためにも、適当に聞き流したほうがいいだろう。

『この世界の地球、特に日本という場所は、他の世界と比べて、類を見ない安全さだと聞いたことがある。人々には魔力がないし、武器の所有も禁じられているのだろう』

「武器……まあ、確かに。日本には銃刀法っていうのがあるから。武器なんか持ち歩いてる人間は、そうそういないと思うけど」

武器云々もおかしいけれど、魔力っていったいなんだ。

魔力を持った人間なんて、現実にいるとは思えない。

『やはり、この場所を選んで正解だった。頼む。悠斗。この子たちを育ててくれ。お前の暮らす、この狭っくるしい小屋で匿い、一日二食、食事を与えてくれるだけでいい。幸いなことに、双子たちはお前の作るその質素な食事がいたく気に入ったようだ』

「狭っくるしい小屋っ!?」

決して豪邸ではないけれど、就職後に移り住んだこの部屋は2LDK。

バストイレ別だし、キッチンも二口のガスコンロを置くことができる、学生時代と比べたら格段にゆとりのある間取りだ。

『レスティアの国王、神獣王の子であるルッカとソラが暮らすには、小屋としか思えない狭さだ。厠より狭い』

夢のなかとはいえ、厠以下なんて暴言を吐かれ、さすがに腹立たしくなってきた。

「王さまの子どもってことは……この子たちは王子さま……?」

『ああ、そうだ。神獣王の第一子と第二子。本来なら、国を継ぐべき子だった。だが、彼らの母が亡くなり、新しく輿入れした王妃が、二人を殺めようとしたのだ』

「どうしてそんな酷いことを……っ」

『こちらの世界の生き物でもいるだろう。新しく群れの頂点に立った雄ライオンは、他の雄の子を皆殺しにすると聞いたことがある。自分の遺伝子を遺すために邪魔になるものは排除する。多くの生物に備わっている本能だ』

　重々しい声で、うさぎは残酷なことをいう。

　外見が愛くるしすぎるせいで、なんだかものすごくちぐはぐだ。

『間一髪、なんとか助け出し、二人をこの世界に逃すことができたが……力を使い果たした私は、現王妃、ベアトリーチェの率いる兵に囚われてしまってな。現在は神獣の国、レスティアにある、平和の塔の地下牢に閉じ込められているのだ』

「地下牢？」

『ああ、大陸一の魔力を誇る私の姉、亡き前妃が厳重な結界を施した海中牢獄だ。おそらく、私にはこの結界を破ることができない。このとおりだ。二人が立派に成長するまで、お前が育ててやって欲しい』

「育てるって……本当に、ただ、ごはんをあげるだけでいいのか？　もし病気になったらどうするんだ。耳やしっぽのついたこの子たちを医者に見せるわけにもいかないし、どうすれば……」

『私が、できるかぎりのサポートをする。幸いなことに、だいぶ魔力が回復してきてな。この塔全体に攻撃魔法を無効化する呪術がかけられているが、それ以外の魔法は使うことができる。ほら、たとえばこんなこともできるのだ』

風が吹き、ふさぁ、と双子の髪が宙に浮かび上がる。

不思議そうな顔で、二人はむいっと自分の頭を押さえた。

『姉と比べたら力の劣る私だが、空間転移の能力だけは、誰にも負けない自信がある。無生物なら、転移にもそこまで魔力を消費しない。こちらの世界から、そちらの世界へ。必要なものは、いくらでも送ることができるだろう』

うさぎの前足が光り、光のなかから包み紙に包まれた菓子が姿を現した。

双子の好物なのだろうか。しっぽをふりふり、彼らは菓子に飛びつく。

「空間転移、とやらができるのなら、そこから抜け出すことも簡単なんじゃないのか」

『いっただろう。この海中牢獄には我が姉の、強力な結界が張られていると。私が今、そちらに送っているのは、この結界の外にあるものばかり。結界からは、我が身どころか、石ころひとつ、移動させることはできないのだ』

悔しげな声でいうと、うさぎのぬいぐるみはしょぼんと耳を垂れさせる。

発される言葉は偉そうなのに、動作がいちいちかわいらしくて、脳がバグを起こしそうだ。

「その結界を、破るわけにはいかないのか」

『できたらとっくにしておるわ』

ぴんっと耳を立て、うさぎはいきどおる。

ぬいぐるみだから顔の表情はいっさい変わらないけれど、あまりにも動きがコミカルすぎて、本当に生きているかのように見えてきた。

「亡くなったのに解けないなんて。きみよりも、亡くなったお姉さんのほうが、格段にすごい魔力の持ち主ってこと？」

最後まで言い終わらないうちに、うさぎが思いきり体当たりしてきた。

「わ、なにするんだっ……！」

長い耳をペしペしと僕の顔にぶつけてくる。

大して痛くはないけれど、地味にうっとうしい。

「このぬいぐるみの耳を動かすのだって、魔力がいるんだろ。そんなどうでもいいことに、魔力を浪費していいのか」

『うるさい、黙れ！』

僕の口めがけて、うさぎがもふっと飛んでくる。

自称王子のくせに、なんだかものすごく大人げないように思えるのは、気のせいだろうか。

声の感じも若いし、もしかしたら僕よりも年下かもしれない。

『というわけだ。ルッカ、ソラ。その者のいうことを聞いて、達者(たっしゃ)で生きろ』

うさぎのぬいぐるみに別れを告げられ、双子がいやいやと首をふる。

「やー！」

「やだ、ジーノといっしょがいい！」

『無理だ。私はここから出られない。情けない話だが、お前たちの母親の結界は、恐ろしいまでに強力なのだ』

「こうやってうさぎのぬいぐるみを介して異世界の僕と話ができるのなら、同じように自国のひとたちに、助けを求めることはできないのか」

僕の問いかけに、ジーノはぴくっと耳を震わせる。

『どう助けを求めろっていうんだ。「亡き姉上の結界に囚われ、出られなくなったから助けてください」と泣き言を吐けというのか』

「ダメなのか？」

『我が父は、とてつもなく厳しいのだ。もし、私が姉の結界から出られない、などと知れば、不出来(ふでき)な息子を、あっさりと切り捨てるだろう。私だけでなく、我が母とともにな。そうなれば私ではなく、第二王妃や、その他の妃の子が、国を継ぐことになる』

「そんな……っ」

自分の息子が囚われの身だと知れば、普通は一刻も早く助け出そうとするのではないだろうか。

ましてや相手は、双子たちを殺めようとした、とんでもない悪妃だ。

このままでは、ジーノだって殺されてしまうかもしれない。

『お前の国がどうなのかは知らない。こちらの国では、力がすべてだ。魔力や武力。力の劣る者は、こちらの世界では生きていかれない』

だからって、自分の子どもを見捨てるなんて……。そんなの、絶対におかしい。

「ジーノ！」

「ジーノにあいたい！」

不穏さを察知したのだろう。双子たちが大きな瞳からぽろぽろと涙を溢れさせる。

『ルッカ、ソラ……すまない――私のふがいなさゆえだ。だが、ここからでもお前たちを支えることはできる。どうかその者のいうことを聞いて、生き延びるんだ。生きてさえいれば、なんらかの形でこの世界に戻ってくることもできるだろう。十年後、私が無事ならば、必ずお前たちをこの世界に連れ戻す』

「やー！」

「ジーノ、いますぐ、あいたい！」

十年後。この子たちの能力がどれくらいなのかわからない。

十年経てば、今の子犬の状態より、きっとずっと強く、たくましくなるのだろう。だけどそのあいだ、誰も知り合いのいない、縁もゆかりもない世界で生きていかなくちゃいけないないなんて……。

しかも、しっぽや耳の生えた姿で外に出るわけにはいかないから、この部屋にこもりきりで生活するってことだ。

そんなの、幼いこの子たちに耐えられるだろうか。

「さすがに十年はかわいそうだ。だいたい十年後、きみがその塔で生き延びているって保証はあるのか」

『そ、それはっ……』

口ごもったうさぎのぬいぐるみの頬を、僕はむいっとつまみ上げる。

「結界が破れれば、外に出られるんだよな。なにか、その結界を破る方法はないのか」

『なくはないが……いや、ないな。絶対に不可能だ』

「あるんだな？」

『ない！』

「ジーノ、うそ、ついてる！」

双子に突っ込まれ、ジーノはたじろいだ。

「どうしたら破れるんだ？」

もう一度尋ねた僕に、ジーノはためらいながら答える。

『あらゆる結界を破る、「エテルノの弓矢」ならば、どんなに強力な結界も破ることができると聞いたことがある。だが、無理だ。材料や職人が世界各国に点在していて、もう長いこと、誰も作れていない』

「「つくるー！」」

ぴょこんと飛び跳ね、双子たちは宣言する。

『今この世界に、お前たちを戻すわけにはいかない。せめて、自分の身を自分で守れるようになるまでは安全な世界で――』

「この子たちの父親は、守ってくれないのか」

『神獣王は――』

ジーノは言いづらそうに口ごもる。

『お前の世界にも「傾国（けいこく）の美女」という言葉があるだろう。現王妃ベアトリーチェ。あの美しい王妃の魅力の前には、どんなに賢い王も形無しだ』

「ジーノは、惑わされなかったんだろう」

『あんな女に、惑わされるわけがない！』

「じゃあ、この子たちの父親、神獣王だって真実を知れば、目を覚ますかもしれない」

「さますー！」

「ますー！」

ぴょんぴょんと飛び跳ね、双子たちも僕に加勢する。

『だからといって、この子たちを今、二人だけでこちらに戻すわけには……』

「ふたり、ちがう。さんにん！」

「さんにん！」

ぎゅ、と僕のズボンの裾を引っ張り、双子が叫ぶ。

『よその世界の人間を巻き込むわけには……。だいたい、この男には魔力も武力も、なにもないのだ。ただの人間がこちらの世界に来たって、なんの役にも立たない』

「たつー！」

「ゆーと、ごはん、じょうずー！」

ぴょこんと飛び跳ね、双子が左右から僕に抱きついてくる。

『そんな力ではなんの役にも……』

「ごはんだけじゃないー」

「ゆーとのそば、あったかい。きっと、みんな、ゆーとすきになる」

たどたどしい言葉で、双子はいっしょうけんめい、なにかを主張している。

どうせ夢のなかだ。夢でなにがあったって、現実世界の僕は死んだりしないと思う。

「行くよ。僕がいっしょに行く。この子たちだけで、行かせるわけにはいかない。それに

──もしきみが死んだら、すごく夢見が悪い」

夢のなかとはいえ、ひとを殺めるような危険な人物に囚われているジーノを、放っておくわけにはいかない。

『いいのか……？』

うさぎのぬいぐるみのつぶらな瞳が、僕に向けられる。

「「いいー！」」

僕が答える前に、双子が答え、左右からもふっとしがみついてきた。

「もし、そっちの世界で僕になにかあっても、きみはもう一度、この子たちをこっちの世界に避難させることができるんだろ。だったら試すくらい、してもいいんじゃないのか」

うさぎのまん丸な目が、じっと僕を見つめる。

うさぎの左右の前足を、双子がぷくぷくの手のひらで、むぎゅっと握りしめた。

「ゆーと、ジーノ、いっしょ。がんばれる！」

双子がむいっとうさぎの前足を持ち上げる。

うさぎはためらうように僕と双子を見比べた後、こくっと小さく頷いた。

『わかった。じゃあ、三人をこっちの世界に呼び寄せる。だけど待ってくれ。すぐには無理だ。一晩、力を蓄えたい。明日の朝、決行しよう』

双子を逃すために消費した魔力が、まだ完全には戻っていないのだそうだ。

「ソラ、ルッカ、きょう、ここ、おとまり？」

『ああ、すまないな。こんな狭っくるしい小屋で。おとなしく寝てくれ』

いちいちむかつくことをいうジーノを、僕は思わず軽く小突く。

「けんか、だめー！　なかよしする！」

双子にそろって叱られてしまった。

「じゃあ、明日に備えて寝ようか」

夢のなかで寝たら、どうなるのだろう。

朝起きたら、双子もうさぎのぬいぐるみも、消えてしまっているのだろうか。

わからない。

だけど、とりあえず今晩だけでも、この子たちに安心してゆっくり休んでもらいたい。

「ねるー！」

もふっと飛びかかってきた二人を抱きとめ、ついでにうさぎのぬいぐるみもつまみ上げる。

僕らはベッドの上で川の字、もとい小の字プラスおまけ、みたいな形で、三人と一匹で眠りについた。

第二章　異世界の森と巨大な白狐

まぶたの向こうに、強い光を感じる。

おそるおそる目を開くと、視界いっぱいに鮮やかな緑が飛び込んできた。

むせかえるような、草や土の匂い。

生い茂る木々の狭間、目に沁みるほど真っ青な空が広がっている。

今までに見たことがないほど、雲一つない、澄みきった青空だ。

「ここは……」

まばゆさに目を細めながら、身体を起こそうとした僕に、「わふー！」とふわふわの毛に覆われたやわらかなものが飛びかかってくる。

「うわっ……！」

左右から同時に飛びついてきたそれを受け止めると、ざらついた小さな舌でぺろぺろとほっぺたを舐められた。

「わ、くすぐったい……！」

引き剥がそうとしても、もふもふなその物体は、少しも離れてくれない。

ぎゅっと僕に抱きついたまま、「がるぅー！」とかわいらしく啼いて、頬を舐め続ける。

なんともいえない愛くるしい吠え声を耳にして、昨晩のことが一気によみがえった。

そうだ。確か、マンションの前でかわいい子犬を拾って、自室に連れ帰ったんだ。

そうしたら子犬がケモミミしっぽの幼児に変化して、うさぎのぬいぐるみがしゃべりだして……。

「夢じゃ、ないのか……？」

もしかしたら、まだ夢のなかなのだろうか。

じゃれ続ける二匹の子犬をまとめて抱き上げ、ゆっくりと身体を起こして周囲を見渡す。

すると足元に、うさぎのぬいぐるみが落ちていた。

「ジーノ！」

拾い上げて揺さぶってみたけれど、なんの返事もない。くったりしたまま、ぬいぐるみはぴくりとも動かなかった。

「ジーノ……ばたんきゅー？」

小首をかしげ、子犬が濡れた鼻先でつん、とぬいぐるみをつつく。

もう一匹の子犬も、ちょん、と前足でうさぎの頬をつついたけれど、なんの反応もなかった。

「どうしよう。ここ……見た感じ、日本じゃないよな」

生えている木々が、見たこともないものばかりだ。

足元には、毒々しい原色のキノコたち。赤色やオレンジ色だけでなく、水色や紫色のものまである。

見上げると、頭上には大きな果実がたわわに実っている。ひょうたんのような、くびれのある形。それなのに色は鮮やかな赤色で、側面に黄色のラインが入っている。

「ルッカ、グラナータ、だいすき！」

「ソラも、だいすき！」

紅色の果実を指さし、子犬たちが歓声を上げる。

犬が人間の言葉をしゃべってる……。この謎の夢は、いったいいつまで続くのだろう。

「「ほしい！」」

真っ赤なひょうたんに向かって、二匹の子犬、ルッカとソラはめいっぱい前足を伸ばす。

果実はどれも二メートルくらいの高さにあって、どんなに頑張っても、彼らには取れない。

「待ってなよ。取ってあげるから」

得体の知れない果実を食べさせて大丈夫だろうか。

不安だけれど、このまま放っておけば、この子たちを飢えさせることになる。

夢のなかとはいえ、そんなのは夢見が悪い。

毒見をして、安全を確認してから、食べさせてあげよう。

手を伸ばして赤い果実をもぎとる。ひんやりと冷たくて、思っていた以上にすべすべしていた。

表面はとても硬そうだ。どうやって食べるのだろう。途方に暮れた僕から、子犬たちは果実を奪い取る。

「あっ、ダメだよ。安全かどうか確かめないとっ……」

前足で押さえこむと、彼らは黄色いラインの部分に器用に牙をたて、ぐるりと噛み痕を残して、それぞれ果実の端を咥えて引っ張った。

すると、黄色いラインにそって、ぱかっと果実が二つに割れる。

なかには、ザクロみたいなつやつやの透明な果実が詰まっていた。見た目はザクロそっくりだけれど、色はブルートパーズのようなきれいな水色だ。

青い色の食べ物は、僕の暮らす世界にはあまり存在しない。

不気味さを感じながら、ひと粒つまみ上げようとした僕の手を払いのけるようにして、子犬たちは果実に顔を突っ込んだ。

「あ、こら、ダメだってば！」

僕の制止を聞くことなく、二匹は夢中になって水色の果実を貪った。ものすごい食欲だ。

自分たちの身体よりも大きなその実を一気に平らげ、「もっと！」と叫ぶ。

「大丈夫なのかな……」

不安になる僕のズボンをはむっと噛み、ぐいぐい引っ張って、二匹はおかわりをねだる。

「わ、わかったよ……ほら」

もうひとつもいで差し出すと、またもや彼らは二匹で協力して、その実をこじ開けた。

「ゆーともたべて」

「おいしいよ！」

ぶんぶんとしっぽを振って勧められ、どう反応していいのかわからなくなる。

見たこともない、謎の食べ物。おまけに、色も普通じゃない。

食べてしまって、大丈夫だろうか……。

双子はこの果実の名前を知っているみたいだし、もしかしたら、こちらの世界では一般的なのかもしれない。

だけど、別の世界から来た僕が食べて安全なものかどうかは、正直わからない。

ズボンの裾を離してくれない双子に引っ張られ、仕方なく、ひと粒つまみ上げる。

おそるおそる口に含むと、爽やかな甘酸っぱさが口いっぱいに広がった。

「おいしい……！」

食べたことのない味だ。口のなかでぷちっと弾けたそれは、オレンジの甘さと、レモンのすっぱさ、そして、炭酸水のような心地よい刺激がある。

冷蔵庫で冷やしたわけでもないのに、キンと冷えている。寝起きで渇いた喉に、すぅっと染みこみ、至福の味わいだ。

「いっぱいたべよ！」

鼻先を突っ込むようにして、二匹は夢中になって果実を頬張る。

僕も空腹に勝てず、もうひとつもいで、双子といっしょに平らげた。

「わふー！」

お腹がいっぱいになると、人間の姿に戻るのだろうか。

ケモミミしっぽつきの幼児になった双子は、口のまわりを青い果汁で汚してしまっている。

「お口、汚れてるよ」

就寝時のスウェット姿のままだから、僕のポケットにはハンカチが入っていなかった。

スウェットの袖で口を拭ってあげると、双子は「きゅぅーん」と気持ちよさそうに目を細める。

あまりのかわいらしさに二人まとめて抱きしめそうになったそのとき、ガサガサっと不穏な物音がした。

「ルッカ、ソラ　僕の後ろに隠れて！」

とっさに双子を背後に隠し、彼らを守るように両手を広げる。

じっと目を凝らし、物音のしたほうを注視すると、木立の陰から巨大な猪(いのしし)のような獣が姿を現した。

ツンツンと硬そうな毛に覆われた、ずんぐりとした身体に、にょっきりと生えた凶悪な牙。形は猪そっくりだけれど、背丈は二メートル以上、体長は五メートル近くある。

こんな生き物に突進されたら、一発で終わりだ。

「ルッカ、ソラ、逃げるんだ！」

膝が、がくがくと震える。

心臓がばくばく暴れて、情けないくらい、声がかすれて上ずった。

怖い。だけど、双子を守らなくちゃ。

さっと地面を見渡す。前方に握りこぶしくらいの大きさの石がある。

この石を目にぶつければ、双子が逃げるあいだの時間稼ぎになるかもしれない。

意を決し、石を拾い上げようとしたそのとき……。

「「わふー!!」」

僕の背後から、勢いよく双子たちが飛び出した。

「わ、ダメだよっ！」

慌てて止めようとした僕の目の前で、二人は同時に自分の背丈の何倍もある巨大な猪を蹴り上げた。

双子の蹴りなんて、きっと蚊に刺されたくらいの威力しかないだろう。

そんな僕の予想に反し、猪の巨体がぶわりと中空に舞い上がる。

「危ない！」

双子を抱き上げ、急いで猪から離れた。

直後、地響きのようなとてつもない音が響き渡る。地面が波打つほど大きく揺れ、土煙が立ちこめる。

おそるおそるふり返ると、倒壊した木々の下敷きになって、猪がぐったりと倒れていた。

「今のって、ジーノの魔法……？」

目の前の光景が信じられず、目を瞬かせた僕に、ルッカはむいっとうさぎのぬいぐるみを突き出す。

「ジーノ、ばたんきゅー」

力を使いすぎたせいだろうか。ジーノは、今も意識を失ったままのようだ。

「じゃあ……もしかして、きみたちも魔法を使えるの？」

「むりー」

双子は顔を見合わせると、ふるふると首を振った。

「まほう、むずかしー」

魔法ではないとしたら、いったい今のは、なんだったのだろう……。

わからない。だけど、とにかくあの危険な獣から離れなくちゃ。

もしかしたら、気を失っているだけで、また目を覚ますかもしれない。

「逃げよう！」

ルッカとソラを抱いたまま、全速力で走り出す。

どっちに向かったらいいのかなんて、わからない。

だけどきっと、木々に覆われた森よりは、視界のひらけた草原のほうが危険度は低いはずだ。

少しでも明るい方角へ。木の少ない方角へ。森の外を目指し、僕は必死で走り続けた。

子犬姿のときと違って、幼児型の二人の身体は、ずしりと重い。だけど、そんなことに怯んでいる場合じゃない。

よろよろしながら、もつれる足で走り続けたそのとき――。

さぁああ、と風が吹き抜け、枝や葉がざわざわといっせいに揺れ始めた。

ぎゅっと双子を抱きしめ、風のするほうに視線を向ける。

すると、そこには純白の美しい毛に覆われた、巨大な獣の姿があった。

ぴんと立った耳と、すっと細面な顔だち。切れ長の真っ赤な瞳が、じっと僕らを見つめている。

「狐……？」

いったい、何メートルあるのだろう。見上げるほど大きなその獣は、先刻の猪のバケモノよりも大きい。

「我が森の安寧(あんねい)を脅(おびや)かす者、許すまじ」

頭のなかに直接響く声。静かだけれど、ものすごく迫力のある声だ。

ごおっと風が吹き抜ける。

双子を抱く腕に力をこめた僕に、ソラが「おろして！」といった。

「ダメだよ、危険だ」

「きけん、ない。ルッカ、ソラ、つよい！」

「つよい！」

「あ、こら、待って！」

するりと僕の腕をすり抜け、二人は巨大な白狐の前に立ちはだかる。

「ゆーと、まもる！」

「まもる！」

愛くるしい声で叫ぶと、二人は純白の巨大狐に向かって突っ込んでいった。

「ルッカ、ソラ！」

双子の身体が、巨大狐に蹴りを入れる直前に跳ね飛ばされる。

びゅうっとするどく風が唸り、巨大狐の身体が青い光に包まれた。

突風に巻き込まれ、双子の身体が空高く舞い上がる。彼らはくるんと宙返りすると、まるで体操選手のように、すたっときれいに着地した。

止めに入る間もなく、双子は再度、巨大狐に突っ込んでゆく。

激しい風が吹きすさび、それでも怯まない。

巨大狐の喉元に二人は同時に噛みついた。

「ぐぅっ……！」

苦しそうに呻き、狐は全身から青い光を放つ。

まばゆい光に弾き飛ばされるように、双子は宙に吹っ飛んだ。

ごおごおと吹き荒れる風。木の葉や木の枝が全身に叩きつけてくる。

「ルッカ、ソラ！　逃げようっ」

吹き飛ばされそうになりながら、僕は声の限りに叫んだ。

「やー！」

手のひらで目元をかばいながら声のするほうを見ると、双子たちが再度、巨大狐に突進するところだった。

「わふー!!」

甲高い雄たけびを上げて、双子は狐の胸元に食らいつく。

純白の美しい毛に覆われたそこには、青く輝く宝石のようなものが見えた。二人はそこに爪を立て、かじりつき、「がるるー！」と呻く。

「こ、こら、待て。待て……！」

余裕たっぷりだった狐が、たじろぐ。

「わふー！」

どんなに狐が引き剥がそうとしても、双子は青い宝石から離れようとしなかった。

忌ま忌ましげに低く呻くと、狐は瞳を閉じてじっと動かなくなる。

狐の放つ青い光が、一気に強くなった。

「危ない……!!」

叫ぶより先に、身体が動いた。

周囲の空気が急に密度を増したみたいな、圧倒的な衝撃波。

双子を抱き上げ、無理やり狐から引き剥がす。

少しでも離れようと駆け出した瞬間、とてつもない暴風が僕らを襲った。

ぎゅっと双子を抱きしめ、背を丸めるようにして衝撃に備える。

下から上から、左右から、そこかしこから風が吹き荒れ、身体が宙に舞い上がる。ぐるぐると渦巻く強風に飲まれ、北風に舞う木の葉のように翻弄される。

ぶわりとひときわ大きな風が吹き、目を開けていられないほど強烈な閃光（せんこう）が炸裂（さくれつ）した。

双子だけでも守らないと……！

覚悟を決めた僕の身体は、激しく地面に叩きつけられる――はずだった。

けれども、落下したそこは、ふわふわとやわらかく、あったかな場所だった。

しっとりとした長い獣毛が、僕たちをやさしく包み込んでいる。

「この子たちは、お前なんかよりずっと強い。放っておいたって、怪我などせぬわ」

ふん、と呆れたように鼻を鳴らすと、狐は僕の頬を、鼻先で軽く小突いた。

「だ、だけどっ……！」

確かにそうかもしれない。それでも、放っておけないのだ。

少しでも助けられるのなら、この子たちを助けたい。

「見たところ、お前はただの人間だろう。見るからに弱そうだし、魔力の匂いもしない。

それなのに、なぜこの獣の子を助けようとする」

「なぜって……」

理由なんてない。

ただ、助けたいと思う。それじゃ、ダメだろうか。

なにも答えられず、唇を噛みしめた僕の下で、もふもふの毛が大きく波打つ。

「うわっ……！」

振り落とされそうになって、とっさに双子を抱きしめた。

「まあいいわ。ここは我の護る森。よそ者に勝手をさせるわけにはいかない。用がないのなら、さっさと出ていけ」

やわらかなそれは、この狐のしっぽだったようだ。

地面にそっと降ろされ、双子を抱きしめたまま、おずおずと狐を見上げる。

「すぐに出ていきます。あの、出口は――」

「幼子を連れ、馬もなく丸腰の状態で、お前はいったいどこに向かおうとしておるのだ」

ルビーのように真っ赤な瞳でじっと見据えられ、ぞくっと背筋が震える。

怯みそうになりながら、僕は答えた。

「わかりません。目的地を知っているひとと、連絡が取れなくなってしまったんです。そのひとと連絡が取れるまで待機したいのですが……近くに安全な町や集落はありますか」

「ここから一番近い都市は、レントだな。城壁に覆われた城郭都市だ。なかに入れてもらえさえすれば、安全だろうが……入れるかどうかは、門番次第だ」

神妙な声音で答えた狐に、ルッカとソラがもふっと飛びかかる。

「わ、こら、二人ともダメだよ！」

さっきみたいに噛みつくのではないかと心配だったけれど。双子は大きな狐の身体にしがみつくと、甘えるように頬をすり寄せた。

嫌な顔ひとつせず、狐は双子のしたいようにさせている。

「おい、そこの人間。短い足でのろのろ歩いていたら日が暮れる。お前もさっさと私に乗れ」

狐はそういって、顎で自分の背を指し示す。

「えっ、ゃ、そういうわけにはっ……」

「ゆーと、きて！」

「きて！」

僕に向かって、双子が小さな手を伸ばす。

狐は僕の首根っこを咥えると、ひょいっと自分の背に乗せた。

「わっ……！」

滑り落ちそうになって、慌ててもふもふの身体にしがみつく。

「しっかり掴まっていろ」

そっけない口調でいうと、大狐はのしのしと歩き出した。

しばらくすると、ソラのポケットから、ぴょこっとうさぎのぬいぐるみが顔を出した。

「ジーノ！」

「ジーノ、おっきした！」

むぎゅーっと同時に双子に抱きしめられ、ぬいぐるみは苦しそうにあえぎながら周囲を見渡す。

『ここは……ラルゴの森か。惜しいな。レントの街に飛ばしたつもりだったのだが……ん!? これはいったい!?』

歩くたびに大きく上下する、白狐の背中。

ぴょん、と双子の腕から抜け出し、ジーノは悲鳴を上げた。

『真っ赤な瞳の大狐……ペザンテ！ ラルゴの森の王、ペザンテか!?』

巨大な狐を見下ろし、ジーノは叫ぶ。

「ジーノ、知っているのか。この狐のこと」

『知っているもなにも、ペザンテはこの森の獣たちを統べる、獣王だ』

「獣王……？」

『ああ。この界隈最強の魔力を持ち、冷徹で容赦がないと恐れられているんだ』

ジーノの言葉に、僕と双子は顔を見合わせる。

「きつねさん、こわくない！ やさしー！」

「やさしー！」

ぎゅうっと大狐に抱きつき、双子は頬をすり寄せる。

『やさしい!? ペザンテが!?』

「すごく親切だよ。僕らをレントの町まで運んでくれているんだ」

両耳をぴょこぴょこさせ、ジーノは『信じられぬ！』と叫んだ。

『ソラやルッカは同じ獣族だから、まだわからなくもない。だが、人間嫌いのペザンテが、人間を自分の背中に乗せるなんて……』

ありえない、と呟いたジーノを、ペザンテがふり返る。

「なにをぐだぐだと騒いでおる。やかましいわ」

赤い瞳で睨みつけられ、ジーノはぴょこんと飛び跳ねた。

『最強の獣王を、いったいどうやって丸め込んだんだ……？』

ジーノに小声で囁かれ、僕は首をかしげる。

「丸め込むもなにも、自分から背中に乗せてくれたよ。どこに行ったらいいのかわからない僕らに、レントの街なら安全だろうって教えてくれたんだ」

ツンケンしてはいるけれど、根は親切な獣なのだと思う。

だからこそ、ルッカやソラも、こんなにも懐いているのだろう。

ペザンテの背中にしがみつき、双子は楽しそうにしている。しがみつかれたペザンテも、まんざらでもなさそうだ。

うっそうとした木々の生い茂る森を抜けると、広大な草原の先に城壁と思しきものが見えてきた。

「あれがレントの街？」

『ああ、そうだ。私の母はレント王国出身でな。レントの王は私の伯父、騎士団長は従兄弟なんだ』

都市が近づいてくると、石を組んで作られたその城壁が、とてつもない高さなのだということがわかった。

ビルに換算すると、何階建てだろう。高さに圧倒され、双子たちもぽかんと口を開いて見上げている。

「すごいな……。こんなに厳重な壁に守られているなんて。もしかして、国同士の関係がうまくいっていないのか……？」

『いや。この壁は他国の侵略を防ぐためのものじゃない。獣の侵入を防ぐためのものなんだ』

「そんなにたくさん、危険な獣がいるのか？」

目覚めてすぐ、獰猛な猪に襲われ、その後、巨大な狐、ペザンテに遭遇した。

だけど、それ以降は一度も獣には襲われていない。

『うようよいるよ。よく見てみろ。ほら、あそこにも、あそこにも。皆、獣王ペザンテの前だから、おとなしくしているんだ。彼がいなかったら、今ごろ、とっくに食われていただろう』

ジーノが指さす先、目を凝らして見ると、草の陰に狂暴そうな四つ足の獣が何頭もいるのがわかった。

「ペザンテのおかげで、襲われずに済んでいるんだ……」

「ペザンテ、すごい！」

「ペザンテ、すきー！」

双子に頬ずりされ、ペザンテは照れくさそうに、ふんっと鼻を鳴らす。

「門まで連れて行ってやりたいのは山々だが、あまり近づくと、レントの民を怯えさせることになるのでな。ここからは自分たちの足で歩けるか」

城壁のまわりには堀がある。背の高い草むらが途絶え、レントへと続く橋が見えてきたとき、ペザンテは僕らにそういった。

「あるけるー！」

「ペザンテ、またあえる？」

「あいたいー」

ぎゅ、と双子に抱きつかれ、ペザンテはふさふさのしっぽで双子を撫でる。

「構わんが、我が森を荒らすのは許さん。会いたいときは、森に入る前にこの笛で私を呼べ」

双子の前に、ふわりと木の実で作られた二つの笛が降ってくる。

青い光に包まれたそれは、僕の前にも舞い降りてきた。

ルッカとソラは顔を見合わせ、笛の吹き口をぱくっと咥える。

二人そろってぷくぷくのほっぺたをぱんぱんに膨らませ、勢いよく息を吹き込んだ。

ピィイイイと甲高い音が、あたり一面に鳴り響く。

「やかましい。今吹くな」

面倒くさそうにいうと、ペザンテは器用にしっぽを使って、僕や双子を地面に降ろした。

双子は手を伸ばし、ペザンテの頬に触れる。

「ばいばい、ペザンテ」

「ありがと、ペザンテ」

左右の頬に頬をすりよせる双子に、ペザンテはくすぐったそうに目を細める。

ぎゅうっと名残惜しそうに抱きつき、双子はペザンテから身体を離した。

「ほら、他の獣たちが手を出さないよう、見守っていてやる。行け」

ペザンテに促され、双子たちは、てとてとと歩き出す。

「ありがとうございました！」

僕もペザンテにお礼を告げ、双子たちの後を追う。

うさぎのぬいぐるみ姿のジーノも、ぴょこぴょこと後をついてきた。

僕らが無事に橋を渡り終え、門にたどり着くまで、ペザンテは草むらに腰をおろし、真っ赤な瞳でじっと見守っていてくれた。

第三章　要塞都市レントと騎士団長

高い壁と堀に守られた城郭都市、レント王国。

閉ざされた城門の前には、鎧をまとった屈強そうな兵士が立っていた。

険しい眼差しを向けられ、とっさに双子を抱き寄せる。

僕の背後から、ぴょこんとジーノが飛び出した。

『我はヴェスタ王国の王子、ジーノの分身。貴国の騎士団長、バルドに面談願いたい』

堂々とした口調で告げたジーノに、兵士たちは怪訝な顔をする。

「ジーノ殿下の分身だって？」

「この、ちんまりとしたうさぎのぬいぐるみが？」

ぬいぐるみをじっと見下ろし、兵士たちは顔を見合わせた。

『バルドを呼んでくれ』

うさぎの中身がジーノだということを、信用していないのだと思う。

無理もない。僕だって、こんなぬいぐるみが一国の王子だなんて、信用しきれていない。

だけど、このうさぎが僕や双子をこちらの世界に運んできたのは事実だ。

本体が別の場所にいるのに、ぬいぐるみを動かしたり、しゃべったりできるのも普通じゃないし……きっとものすごい魔力を持っているのだと思う。

なかなか信用しない兵士たちに痺れを切らしたのだろう。

ジーノはむいっと短い前足を突き出し、門前の兵士たちを空中に浮かび上がらせた。

「うわっ……！」

慌てふためく彼らに、ジーノは朗々とした声で告げる。

『手荒な真似はしたくないのだが、信じてもらえぬのなら仕方ない。これでも信じられぬか』

兵士たちの身体が、ぶわりと空高く舞い上がる。

「ひぁっ……！　し、信じますっ。団長をお呼びしてきます！」

地面に降ろされた兵士たちは、転がるように門の脇にある詰め所に駆け込む。

しばらくすると、内側からゆっくりと巨大な門が開いた。

兵士を伴って現れたのは、金色の短い髪をしたガタイのよい長身の青年だった。

二十代半ばくらいだろうか。太い眉と、碧色の瞳。精悍な顔だちの男らしい青年だ。

『バルド。久しぶりだな』

ふわりと青年の前に浮かび、ジーノが告げる。

「ジーノ。本当にジーノなのか？」

『なんなら、ここにいる皆にお前の恥ずかしい秘密を暴露してやろうか。でかい図体をして、十二歳になるまで……』

「うわぁああ、やめてくれ！　信じるっ。信じるからっ！」

バルドに口をふさがれ、ジーノはうっとうしそうに耳をぴくぴくさせる。

「入れてよし！　ジーノ一行を我が国に招き入れ、城門を閉じるぞ」

バルドが声を張り上げると、ぎぎっと軋む音を響かせ、門扉が動き出す。

僕は双子の手を引き、門のなかに足を踏み入れた。

「ほわぁ！」

「きれい！」

ルッカとソラが顔を見合わせ、歓声を上げる。

高い城壁の内側には、目が覚めるような鮮やかな黄色い壁の建物が立ち並んでいた。

淡いレモンイエローから、オレンジに近い濃い黄色まで。濃淡さまざまなグラデーションがとてもきれいだ。

この国の国旗だろうか。随所に掲げられた深緑の旗が、明るい黄色の街にとても映えている。

門の先には円形の広場があり、広場を囲むように、ぐるりと出店が軒を連ねていた。

青い屋根のテントの下に、みずみずしい野菜や色とりどりの果実が並んでいる。

総菜や、おやつを売る店も見える。甘い匂いに吸い寄せられるように、ルッカとソラは勢いよく走り出した。

「わ、こら。危ないよ！」

慌てて追いかけ、双子を捕まえる。

「わふー！」

愛らしい雄たけびを上げ、双子はぶんぶんとしっぽを振った。むいっと僕の手を振りほどき、屋台のおやつに飛びつこうとする。

『ルッカ、ソラ。やめなさい。市場の品物は、お金を払わなくては手に入らないんだ』

「おかね……？」

「おかね、ない……」

ジーノに叱られ、しょんぼりと肩を落とした二人の隣で、バルドが豪快に笑う。

「お前たち、腹が減っているのか。どれでも好きなものをごちそうしてやろう。我が国の菓子はうまいぞ」

「わふー！」

両手をバンザイして、双子はぴょこぴょこと飛び跳ねた。

しっぽが上下に揺れて、なんだかとてもかわいらしい。

筒状の皮にクリームの詰まった焼き菓子や、雪のような粉砂糖をまとったまん丸の揚げ菓子。つやつやの果実がたっぷり載ったタルトのような菓子に、カラフルな包み紙に入った小ぶりな菓子。

じーっと屋台のおやつを観察し、双子は困ったように顔を見合わせた。

どれもおいしそうに見えて、決められないのだろう。

「なんだ、迷っているのか。なんなら、全部買ってやろうか」

『おい、バルド、勝手に甘やかさないでくれ』

ジーノに叱られ、バルドは大げさに肩をすくめてみせる。

「おお、怖い。すっかり叔父ばかだな。そんなに甥っ子がかわいいなら、さっさと妃を娶り、自分の子を持てばいいのに」

『うるさい。万年独り身のお前にいわれたくないよ』

「大国の第一王子のお前と違って、俺は小国の十二男だからな。王子なんて名ばかりで、生涯現場の身だ。縁談も少なくてなぁ」

『よくいうよ。そこらじゅうの子女から求婚されているくせに』

言い争うジーノとバルドをよそに、双子は真剣におやつを選んでいる。

「これと、これ。はんぶんこ？」

ルッカに問われ、ソラはこくんと頷いた。

「よし、決まったか。半分こなんていわず、丸ごと食えばいい。お嬢さん、この菓子とこの菓子を、五つずつ包んでくれ」

バルドはルッカとソラだけでなく、僕やジーノにも同じおやつを購入してくれた。

自分の分も買い求め、受け取るなり、包みから出してぺろりと平らげる。

「くー、今日もうまいな。やはり我が国の菓子は至宝！　すばらしい菓子をありがとう」

バルドに笑顔を向けられ、菓子売りの少女が頬を染める。

王子なのに、ずいぶん気さくな性格のようだ。

『双子たちに、立ち食いさせたくない。お前のような行儀の悪い男になったら困るのでな』

「まったく……いちいち嫌みな男だな。ほら、チビちゃんたち、噴水の前の長椅子に座れ」

広場の中央には噴水があり、噴水をぐるりと囲むように、数台のベンチが並んでいる。

バルドに促され、双子はぴょこんとベンチに飛び乗った。

膝の上に菓子の包みを置いて祈りをささげてから、二人は包み紙を開く。

「はう！」

「ほわ！」

歓声を上げ、あむっと菓子にかぶりつく。雪のような粉砂糖をまとった揚げ菓子から、ぱふっと純白の砂糖が舞い散った。

「んまー！」

「まー！」

満面の笑みで、双子は歓声を上げる。

『行儀の悪い。口のまわりが砂糖だらけだ』

ジーノはぽんっとハンカチを中空に出現させ、双子たちの口元をむいむいと拭った。

「おい、ジーノ。あんまり口うるさくすると、かわいい甥っ子たちに嫌われるぞ」

『うるさい！』

ぺしっとバルドの顔にうさぎパンチを食らわせ、ジーノは自分の菓子の包みを開く。

うさぎのぬいぐるみが、おやつを食べて大丈夫なのだろうか……。

前足で小さく切り分け、ジーノは菓子を口に運んだ。

怪訝な顔をしている僕に気づいたのだろう。バルドが教えてくれた。

「この男は器用でな。自分の分身となるぬいぐるみの口に入れたものを、実物の口で味わうことができるんだ」

「すごいですね！」

「なんといっても、ジーノは大陸一の魔術大国、ヴェスタ王国の第一王子だからな。口うるさいし性格はお世辞にもいいとはいえないが、魔法は凄腕（すごうで）だ。ほら、冷める前にお前も食え。うまいぞ」

バルドに勧められ、僕も揚げ菓子の包みを開く。ふわりとレモンのような香りが漂った。

「いただきます」

かじってみると、さくっとした食感の後に、しっとりふわふわの生地が顔を出す。レモンともオレンジとも違う、さっぱりと爽やかな口あたり。柑橘系の果実や果汁を使ったクリームがたっぷり入っており、口いっぱいに甘酸っぱいおいしさが広がった。

「おいしい！」

「うまいだろう。レントは小さな国だがな。その分、職人と物作り文化を大切にする、技術力の国なんだ」

誇らしげに胸を張ったバルドに、ジーノが話を切り出す。

『その職人の国、レントの技術力を見込んで、頼みたいことがある』

「なんだ。急にかしこまって」

木苺のような赤い実が載った焼き菓子をひとくちで頬張り、バルドがジーノを見下ろす。

『エテルノの弓を作って欲しいんだ。この国に、腕の立つ弓職人がいるだろう』

バルドの顔から笑顔が消える。太い眉をひそめ、彼は双子に真剣な眼差しを向けた。

「昨晩、チビたちの国、レスティア王国から伝令魔鳥が飛んできたんだ。『神獣王の子どもが誘拐された』ってな。お前、誘拐犯にされているぞ。いったい、本物のお前はどこにいるんだ。なぜ、エテルノの弓矢なんてもんを作ろうとしている」

「ジーノが誘拐犯に!?　どうしてそんな……っ」

慌てふためく僕とは対照的に、ジーノはいたって冷静だ。こうなることを予測していたのかもしれない。

『お前は、信じたのか。その魔鳥が運んできた文を』

「信じていたら、とっくにてめぇの首をはねてるよ」

ふん、と鼻を鳴らし、バルドは赤い実で汚れた口を拭う。

一国の王子なのに、ずいぶんワイルドだなぁ、と僕は思った。品のあるジーノと違い、言葉使いもかなり砕けている。

『分身の首をはねたところで、私は死なぬ』

そっけない声で、ジーノは答えた。

「んなこたぁわかってる。だが、このままではまずいぞ。賞金がかかっているんだ。神獣王の子を保護し、無事に国に戻した者に大金を与えるってな」

『なんだって……!?　その情報は、全国民に知れ渡っているのか』

落ち着き払っていたジーノの声に、緊張が走る。

ぴんと耳を立て、ジーノはバルドを見上げた。

「いや、ウチは国の上層部のみで止めている。だが、国によってはおおやけにしている国もあるかもしれん。なんにしても、この子らのことを思えば、用心したほうがいい。賞金稼ぎってのは、手荒な連中が多いからな」

バルドは羽織っていたマントを外し、周囲の視線から守るように、ふわりと双子たちの上にかけた。

「なんなら、ウチで匿うぞ。お前が本当のことを吐けばな」

ジーノはくったりと長い耳をうなだれさせ、マント越しに双子たちをそっと撫でる。

声をひそめ、彼はバルドに打ち明けた。

『信じてもらえるかどうかわからないが……新しい王妃ベアトリーチェが、双子たちを害そうとしたんだ』

バルドの顔が、悲痛に歪む。

「なんだって、そんなことを……」

『将来生まれてくる自分の子の立場を考えたとき、双子の存在が邪魔になったのだろう。我が国と彼女の国では、明らかに国力が違うからな』

神獣王の統べる『レスティア王国』は、この大陸で一番大きな国なのだそうだ。

ジーノの父が統べるヴェスタ王国は、レスティアに次ぐ大国。

血が濃くなりすぎることを避けるため、定期的に他国から輿入れをしているが、最優先されるのは、常にヴェスタからの花嫁なのだという。

『双子たちを護るため、私は彼らを安全な世界に逃したのだ。成長するまで、異世界で暮らすこの男に育ててもらうつもりだった。だが――双子たちはレスティアの平和の塔に囚われた私を救い出すため、この世界に戻ることを望んだのだ』

「平和の塔って。お前、まさか、レスティアの海中牢獄にいるのか……？」

　バルドが驚きに目を見開く。

『ああ。我が姉の作った、屈強な牢獄のなかだ』

「厄介だな……。あの牢獄は、誰も破ることができないと聞いたことがある」

『だから、エテルノの弓矢が必要なんだ。すべての結界を破るといわれているあの弓矢なら、姉の結界も破れる可能性が高い。頼む。この国には大陸一の腕を持つ聖弓職人がいるだろう。彼のもとに連れて行ってくれ』

　深々と頭を下げるジーノの肩を軽く小突き、バルドは「わかったよ」と頷いた。

「お前には借りがあるし、幼子が不幸になるのを黙って見過ごすわけにはいかない。最大限の協力をしよう。弓職人のところに行く前に、まずは双子たちに新しい服を用意したほうがいい。いつ、どこで誰に見られるかわからない。念のため、しっぽと耳は隠すべきだろう」

　バルドのマントの下、赤い実の載った焼き菓子を食べ終えて口のまわりを真っ赤に汚した双子が、不思議そうな顔で、きょとんと首をかしげている。

　僕は彼らの口元をジーノから借りたハンカチで拭い、バルドとともに、仕立屋へと向かった。

騎士団長に伴われ、とつぜん現れた僕らを見て、仕立屋の主人は目を丸くした。

「狼の耳……。バルド殿下、このお子さまたちは、もしや……」

困惑する主人に、バルドは声をひそめて告げる。

「王室御用達、レント一の仕立屋であるお前の忠誠心を見込んで、極秘に依頼したい。この子たちのことは、誰にも漏らさないでくれ」

「は、はいっ……」

飛び上がりそうな勢いで姿勢を正し、仕立屋の主人はいそいそと採寸の準備を始める。

棚にはたくさんの生地が整然と並んでいる。トルソーやできあがった服の並ぶ室内を見渡し、ルッカとソラは物珍しそうに瞳を輝かせた。

「チビたちの、耳としっぽを隠すことができる服が欲しいんだ。できるかぎり暑苦しくなく、窮屈でないものを作って欲しい」

「か、かしこまりましたっ……。いつまでに、お作りしましょう」

「明日だ」

「あ、明日でございますか⁉」

職人の顔が青ざめる。

「無茶をいっている自覚はある。請け負っている仕事を止めて、割り込むことになるだろう。その分、しっかり報酬は上乗せする。作ってもらえないだろうか。それから、その服とは別に、できれば簡易なものでいいので、今すぐ耳としっぽを隠せるものが欲しい」

ぽかんと口を開いたまま固まった主人を、ルッカとソラがじっと見上げる。

「おねがいしますっ」

獣耳の小さな紳士に礼儀正しくおねだりされ、仕立屋はなにかを吹っ切るように、自分の頬を張った。

「わかりました。今すぐ耳としっぽを隠せるもの、ですね」

くるりときびすを返して店の奥に消えると、彼は淡い水色の生地を手に戻ってきた。

「こちらの生地はいかがでしょうか。切りっぱなしでもほつれない、特殊な生地です。薄手なのに丈夫で、そこらで引っかけても、まず破れない。この布をこうして……」

鮮やかな手つきでハサミを操り、彼は布を裁つ。

ルッカとソラにふわりとその布を被せると、彼は二人の頭や身体に沿ってきれいなラインが作れるよう、まち針で形を整えていった。

「ここと、ここを縫って……これで、いかがでしょうか」

あっというまに縫い上げ、彼はできあがったフードつきのマントを、ルッカとソラに被せる。

流れるようなラインで、ルッカとソラにぴったりなのに、獣耳やしっぽの部分にだけ余裕を持たせて立体的に作られており、自然に隠せる作りになっている。

「どうだ。動きづらかったり、暑苦しかったりしないか」

バルドに問われ、双子たちはこくっと頷いた。

鏡の前でくるんと一回転すると、ふわりと裾が広がって、とても愛らしい。

『さすがは職人の国、レント。こんなに短い時間で作り上げるとはな』

短い前足を組み、ジーノが感心したように呟く。

「こちらのマントは簡易的なものですから。明日までに、より自然で丈夫なものを、こしらえておきます」

「頼むぞ。ついでに、可能ならこの男にも服をこしらえてやって欲しい。できるか」

バルドは僕を指さし、仕立屋に尋ねる。

「尽力させていただきます。そちらの、うさぎさんの服はいかがいたしましょう」

「こいつの服は必要ない。ぬいぐるみを着飾らせても意味がないからな——って、おい、ジーノ。ぬいぐるみのふりをしてろといっただろう！　なんで勝手にしゃべってんだよっ」

バルドに突っ込まれ、ジーノは無視して僕のズボンのポケットに潜り込んだ。

ルッカとソラはできあがったばかりのマントが気に入ったのか、鏡の前で、くるくるとまわり続けている。

「おい、あんまりまわると、目がまわるぞ」

バルドに呆れた顔をされても、双子たちはやめようとしなかった。

「それでは、頼む。無理をいって、本当にすまないな」

仕立屋の主人に告げ、バルドは僕らを店の外に促した。

注文した服ができあがるまでのあいだ、僕は騎士団の制服を借りることになった。

鮮やかな青に白いラインの入ったジャケットと、濃紺のズボン。軍服だけあって、動きやすそうな作りの服だ。

「ゆーと、かっこいー」

「にあってるー！」

双子たちに褒められ、照れくささに頬が熱くなる。

フードつきのマントを羽織った双子たちは、とてもかわいい。

淡い水色のふわっとした生地で、首のところに青いリボンがついている。

歩くたびにゆらゆら揺れるリボンがよく似合っていて、ずっと眺めていたい愛らしさだ。

右手をソラと、左手をルッカと繋いで、バルドとともに弓職人のもとへ向かう。

『レントは職人を大切にする国だ』と、バルドが誇らしげに語っていたとおり、弓職人の作業場は広々としていて立派だった。

石造りの作業場には、明かりとり用の大きな窓があり、開放的で明るい雰囲気だ。

バルドからエテルノの弓を依頼され、職人は申し訳なさそうに頭を下げた。

「お作りしたいのは山々なのですが……ここのところアッサイ山の怪鳥が狂暴化し、聖弓の材料を手に入れることができないのです」

「その木をとってくれれば、作っていただけますか」

僕の問いに、職人は力なく首をふる。

「危険すぎて、お前さんのような細っこいのには無理だよ。山頂に近づこうとして、すでに何人も大怪我をしているんだ」

「きけん……?」

かわいらしく小首をかしげ、双子が職人を見上げる。

「ああ、危険だ。大の大人だって危ないくらいだ。お前さんたちみたいな子どもが行ったら、一発でやられちまう」

諭すような声でいわれ、双子はぴょこん、と飛び上がった。

「やられる、ないー!」

「ルッカ、ソラ、つよい!」

「ルッカ、ソラ……？　もしや、お前さんたちは……」

賞金をかけられているのだから、軽率に正体を明かすのは避けたい。

元気いっぱい名乗り出ようとする双子の口を慌ててふさぎ、僕は頭を下げた。

「どうしてもエテルノの弓が必要なんです。僕たちが自分でとってきますから。その木が生えている場所を、教えていただけませんか」

「構わんが、命がいくらあっても足りんぞ」

「問題ない。我が騎士団も同行する」

力強いバルドの言葉に、職人はためらいながらも、聖弓の材料となる樹木の生えている場所を教えてくれた。

第四章　アッサイ山の怪鳥

木材の産地、アッサイ山は、レントの北西、徒歩で向かうには厳しい郊外にある。

馬に乗れない僕や双子は「王都で留守番をしていろ」とバルドにいわれた。

「やー！　ルッカ、いくー！」

「ソラもぜったい、いくー！」

納得のいかない双子たちは、馬の代わりに大狐を呼び出そうとする。

大狐からもらった笛を咥えた双子を、ジーノは慌てて引き留めた。

『おやめなさい。獣にはそれぞれ縄張りがある。むやみな諍いを生むわけにはいかない。

ほら、私が馬車を用意する。これに乗りなさい』

短い前足を額の前に掲げ、ジーノは呪文のようなものを唱える。

すると小ぶりな馬車が、ぽんっと馬小屋の前に姿を現した。

「ちょっと待て。ジーノ、これを俺の馬に引かせるつもりか」

不満そうな顔で、バルドがジーノを見下ろす。

『騎士団一の体力を誇るお前の愛馬なら、この程度の馬車を引くくらい余裕だろう』

さらりといってのけ、ジーノはちょこんと馬車の中央に腰かけた。

「すみません、バルド団長。お世話になります」

「おせわになるー！」

「なるー！」

馬車に乗り込んだ僕に続き、双子たちもぴょこんと飛び乗る。

ただでさえ、馬にとって厳しいであろう山道。負担をかけるのは申し訳がないけれど、僕や双子の足で騎士団一向を追いかけるのは不可能だ。

「まったく……。人使いの荒いやつらだなぁ。仕方がない、行くぞ。しっかり掴まってろ！」

ひひぃーん、と雄々しくいななき、バルドの愛馬は走り出す。

馬車を引いたバルドの馬を先頭に、騎士団の面々がそれに続いた。

未舗装の道を馬車は勢いよく進む。ガタンガタン、と想像以上に揺れて、乗り心地はお世辞にもいいとは言い難い。

けれども双子にとって、乗り心地の悪ささえも、楽しく感じられるようだ。

ふんわりしたフードで獣耳を隠した二人は、流れてゆく景色を眺めながら、歓声を上げた。

アッサイ山は比較的なだらかな低山で、山頂付近まで馬車で登ることができた。

「ここからは馬を降り、徒歩で行く。お前たちは馬車で待っていろ」

バルドにそう命じられ、双子は「やー！」と馬車から飛び降りる。

「しかし――」

『無駄だ、バルド。二人とも、周囲の忠告を聞き入れるようなタマじゃない』

ジーノはぴょこんと双子の元へ飛んでゆく。僕も彼らに続き、馬車から降りた。

僕らの住む世界とは、森林限界の高度が異なるのかもしれない。

うっそうとした木々に覆われていた視界が開け、急に見晴らしがよくなった。

岩肌のあらわな山頂には、ところどころにしか木が生えていなかった。

眼下にはレントの街やラルゴの森、大きな川や美しい翡翠色の湖が見える。

「きれー！」

「おみず、きらきらー！」

双子たちは、日差しを浴びてキラキラと輝く湖が気に入ったようだ。

歓声を上げて、切り立った崖に向かって、とたとたと駆けてゆく。

「わ、危ないよ！」

慌てて二人を抱きかかえたそのとき、ばさばさっと大きな音がして、急に目の前が暗くなった。

ごぉっと風が吹き荒れる。

おそるおそる頭上を見上げると、とてつもなく巨大な生き物が、空を覆い尽くしていた。

「ひぁっ……！」

双子を抱きしめたまま、とっさに地面に伏せる。

急降下した巨大な生き物は、威嚇するように僕らの頭上すれすれを飛び去っていった。

「ギェェエエエエエッ！」

耳をつんざくような、啼き声が響き渡る。

いったい何メートルあるのだろう。翼を広げた長さは、十メートル以上ありそうだ。

怪鳥という言葉から想像していた生き物と、かけ離れた巨大さだ。

子どものころに図鑑や映画で観た、翼のある恐竜。

もし、ケツァルコアトルスと遭遇したら、こんな感じなのかもしれない。

「発射、用意！」

バルドの号令に合わせ、騎士たちが素早く弓を構える。

『ルッカ、ソラ、悠斗。こっちだ！　結界を張る』

ジーノに呼ばれ、双子はそろって「やー！」と答えた。

上空で大きく旋回した怪鳥が、一気に急降下してくる。ごおっとものすごい音をたて、あっというまにすぐそばまで迫ってきた。

今からじゃ、結界に逃げ込むのは不可能だ。

ぎゅっと双子を抱きしめ、地面に伏せたそのとき、

「射よ！」とバルドの声が響き、巨大な怪鳥に向かっていっせいに矢が放たれた。

ぶわり、と羽ばたき、怪鳥は翼で矢の雨をなぎ落とす。

まずい。双子だけでも助けなくちゃ……！

双子の盾になるように覆い被さり、衝撃に備える。

けれども、どんなに待っても、矢の雨は降ってこなかった。

『馬鹿者がッ……！　結界のなかに入れといっただろうッ！』

ジーノの怒声が響き渡る。

おそるおそる目を開くと、翡翠色の膜のようなものが、僕らを覆ってくれていた。

まばゆいその光の膜は、次々と矢を跳ね飛ばす。

ぺし、と短い前足で、ジーノは僕の頬を叩いた。

「ご、ごめん……っ」

『退くぞ。ここは騎士団に任せて、安全な場所に逃げるんだ。いくらルッカやソラの攻撃力が高いとはいえ、上空から不意打ちで来られたらどうすることもできぬ。見ろ、あの爪

を』

　巨大な怪鳥の足には、とてつもなく大きなかぎ爪がついている。

　あんな爪で攻撃されたら、ひとたまりもないだろう。現に甲冑を身につけた騎士団の面々でさえ、怪鳥のくちばしや爪にやられ、悲鳴を上げている。

「だいじょぶ。ルッカ、ソラ、つよい！」

「つよい！」

　膜のなかから出ようとした双子を、僕は慌てて引き留めた。

「ちょっと待って。よく見て。なんか変だよ、あの鳥。あんなに大きいんだから、簡単に騎士を殲滅させられそうなのに。軽く小突くだけで、本気で攻撃してる感じがしない」

　怪鳥を指さし、僕は叫ぶ。ジーノは短い前足を組み、ふむ、と唸った。

『確かに。悠斗のいうとおり、とどめを刺そうと思えばいくらでも刺せるのに、あえてしていない感じがするな』

「とりさん、わるものじゃないー？」

「やっつけちゃだめー？」

　不思議そうな顔で、双子が首をかしげる。

「うん。もしかしたら、自分のテリトリーから追い出そうとしているだけかもしれない。多いんだよ、野生の動物にはね。たとえば巣に卵や赤ちゃんがいると、子どもを守るために攻撃的になって、威嚇行動をくり返して自分の巣から遠ざけようとしたりするんだ」

『なるほど。つまり、この近辺にやつの卵やヒナがいる可能性がある、ということか』

「そうかもしれない。だとしたら、ここから離れない限り、あの鳥はひたすら攻撃してくるよ」

『わかった。私がようすを見てみよう。お前たちは絶対にこのなかから出てはダメだぞ』

ジーノに命じられ、双子はこくこくと頷く。

おとなしくじっとしている双子の目の前で、ジーノは左右の前足を合わせて呪文のようなものを唱えた。

すると、僕らを覆う翡翠色の膜に、山頂のようすが映し出された。

大空を舞う巨大な怪鳥と、怪鳥に向かって矢を射る騎士たち。

ドローンで空撮しているかのような映像がゆっくりと視点を変え、反対側の斜面を映し出す。

「あった、巣だ！　巣にヒナがいる！」

斜面に生えた大木の下。木の枝や葉で作られた巨大な円形の巣があり、そこにふわふわの毛に覆われた四羽のヒナがいた。

「とりさんの、あかちゃん？」

「ほわほわ、かわいー！」

ルッカとソラがヒナを指さし、歓声を上げる。

「ジーノ、バルド団長たちに、攻撃をやめさせて欲しい。これ以上、親鳥を刺激しないほうがいい。いったん武装を解いて撤退するんだ」

『わかった。任せておけ。いいな、お前たちは絶対にここを出るなよ』

そう言い残し、ジーノはふわりと宙に舞い上がる。

彼がまっすぐバルドのもとに飛んでゆくと、団員たちは弓をおさめ、怪鳥から離れた。

すると怪鳥は、先刻までの荒々しさから一転、攻撃をやめ、山頂に立つ大木に、すうっと舞い降りる。

大きな翼を広げて威嚇しながらも、怪鳥は騎士たちを追おうとはしなかった。

「やっぱり……。ヒナを護ろうとしているんだ」

「とりさん、やさしー？」

ルッカに問われ、僕は頷く。

「うん。やさしい鳥さんだ。悪意があって、ひとを襲っているわけではないんだよ」

聖弓の材料は、この山の山頂にしか生えていないといっていた。おそらく、あの怪鳥がとまっている大木や、巣のところに生えている大木が、聖弓の材料なのだろう。

どちらも同じ、長細くて淡い緑色の葉をつけている。赤い実らしきものも、ちらほらと実っている。

「あの木を切るのは、難しそうだね」

怪鳥にとって、あの木は大切なものなのかもしれない。

「ルッカ、ジーノ、助けたい！」

「ソラも！」

ジーノを救うためには、あの木が必要だ。だけどむやみに伐採することはできそうにない。

いったい、どうしたらいいのだろう。

僕の腕から、ぴょこっとルッカが飛び出す。

「あ、こら。だめだよっ……！」

慌てて追いかけたけれど、遅かった。

ソラもいっしょになって、翡翠色の膜の外に駆け出してゆく。

ためらいながらも、僕も二人を追って膜の外に飛び出した。

「キエェエエエエエッ！」

怪鳥の、とてつもない鳴き声が響き渡る。

それでも双子は、足を止めようとしない。

まずい。そう思い、僕は全速力で駆け寄って、双子を抱き上げた。

「とりさん、おねがい！」

「おねがい！　ジーノ、たすけたい」

「そのき、わけて！」

双子は怪鳥のとまった大木を指さし、たどたどしい言葉で、いっしょうけんめい語りかける。

「そのき、ないと、ジーノ、しんじゃう」

「たすけて！」

むやみに刺激して、大丈夫だろうか。

ぎゅ、と双子を抱きしめ、身構えた僕の頭上に、つうっとジーノがやってきた。

ジーノは怪鳥を見上げ、なにか言葉を発している。動物の啼き声みたいな、僕には聞き取れない言葉だ。

怪鳥はしばらく僕らを見下ろし続けた後、ジーノに向かって悲しげな声で啼いた。

「なんていってるの？」

ジーノには、怪鳥の言葉がわかるのかもしれない。

尋ねてみると、彼は神妙な声で答えた。

『彼女の子どものうち一羽が、病気なのだそうだ。ほとんどなにも食べず、衰弱しているが、この木の果実だけは食べるらしい』

「だから、この木を切られないように必死なんだね……」

『そのようだな』

僕とジーノは大木を見上げ、そろってため息を吐く。

病気のヒナにとって、唯一の食糧。それを横取りするわけにはいかないだろう。

「とりさんのあかちゃん、びょうき？」

「かわいそ……」

悲しそうな顔で、双子は怪鳥を見上げる。

「かわいそ。だけど、ジーノ、たすけたい……」

「どうすれば……」

「その子の病を治してあげるっていうのはどうかな。ジーノ、治癒の魔法は使えないのか？」

『使えなくはないが……果たしてこの鳥が、ヒナに会わせてくれるかどうか』

外敵からヒナを護るために、侵入者を拒絶している怪鳥。

病気を治すと申し出ても、信用してもらえないかもしれない。

「あかちゃん、なおすー！」

「なおすー！」

ぴょこん、と飛び跳ね、双子は口々に叫ぶ。

ふわりとフードが外れ、双子たちのふさふさの耳が姿を現した。

双子たちの言葉は、怪鳥には通じないのだと思う。

けれども、いっしょうけんめい語りかける双子の姿に、なにか感じるものがあったのかもしれない。

怪鳥はぶわりと羽ばたき、木の下に降りてきた。

少し離れた場所に退避していた騎士たちが、いっせいに弓を構える。

「弓を構えちゃダメです！　この鳥を、信じてください」

僕は騎士たちに向かって、声を張り上げた。

「しかしっ……」

「だいじょぶ。とりさん、やさしー」

「やさしー」

手を伸ばし、双子は怪鳥に触れようとする。皆のあいだに、緊張が走った。

いつでも飛び出せるように備え、じっと双子と怪鳥のやり取りを見守る。

「なかよし、しよ！」

双子の手のひらが怪鳥の頬に触れたそのとき、小さな手のひらから、ぱぁっと翡翠色の光が弾けた。

美しい光を浴び、険しかった怪鳥の眼差しが、やさしく変化してゆく。

「しんじて。ジーノ、やさしい」

「ぜったい、とりさんのだいじなあかちゃん、きずつけない」

翡翠色の光が、ゆっくりとあたりに拡散してゆく。ほわほわとやわらかな光が、怪鳥と双子を包み込んだ。

しばらくすると、怪鳥は双子から離れ、ふわりと飛び立つ。

「ゆーと、ジーノ。とりさん、あかちゃん、あわせてくれるって！」

ぱぁっと無邪気な笑顔で、ルッカが僕らをふり返る。

怪鳥の後を追い、皆で巣へと向かった。


木の根元に作られた巨大な鳥の巣。

巣のなかには、薄茶色のふわふわの毛に覆われた愛らしいヒナが四羽いた。

親鳥を目にすると、甘えたように、ぴぃぴぃとかわいい声で啼く。

怪鳥は愛しげに、それぞれのヒナに自分の頬をくっつけた。

どのヒナもまん丸だけれど、一羽だけ、身体が小さく細い子がいる。

観察してみると、その子だけくちばしがうまく開けないようだった。ぴぃぴぃ啼くときも、他の子たちのように大きく開くことができず、うっすらしか開いていない。

「もしかしたら、くちばしや口のなかに、なにかよくない部分があるのかも……」

ジーノに告げると、不思議そうな顔をされた。

『どうして、そんなことがわかる』

「なんとなく、だよ。僕は鶏料理の店で働いているんだけど、入社時の研修で、地鶏の養鶏場に派遣されていた時期があるんだ」

広大な土地を利用した、ブランド地鶏の養鶏場。恵まれた環境でのびのびと育てられているヒナのなかにも、餌をあまり食べない子がいた。

その子は生まれつきくちばしの形がいびつで、うまく餌をついばめないようだった。獣医さんがその子のくちばしにぴったりの補助具を作ってあげたら、ちゃんと食べられるようになったのだ。

『くちばしの形は、特に悪くないようだな。他のヒナと違うようには見えない。どれ、内側を見てみるか』

ジーノがヒナのくちばしに前足を伸ばす。

親鳥が、威嚇するように「キエェェエエ！」と啼いた。

「大丈夫だよ。ジーノはあなたの子どもを害したりしない。悪いところを調べようとしているんだ」

ヒナのくちばしに触れたジーノの前足から、ふわぁと翡翠色の光が放たれる。

今にもジーノに襲い掛かりそうな親鳥から守るように、僕は両手を広げて彼らのあいだに立った。

不安がない、といったら嘘になるけれど。ヒナの病気はジーノにしか治せないのだ。ジーノに危害を加えられるわけにはいかない。

『悠斗のいうとおりだ。くちばしと喉のあいだに、なにかが刺さっているのが見える』

「取り除いてあげること、できないかな」

『誰に向かっていっている。空間転移は、私の一番の得意技だぞ』

ふん、と胸を張ると、ジーノは額に手をやり、呪文を唱え始めた。

翡翠色の光がより強くなって、まばゆさに目を細める。

「キァゥッ！」

ヒナの悲鳴が響き渡る。

ごとり、と音がして、僕の足元に、僕の手のひらくらいの大きさの、かぎ針のようなものが転がり落ちた。

「これは……？」

『鳥を狩るときの道具だな。縄の先にこのかぎ針をつけてぶんまわすのだ』

先端は血で濡れている。もしかして、ずっとこの針が喉に刺さっていたのだろうか。

「ジーノ、この子の傷、治せる……？」

『治癒魔法は、あまり得意ではないのでな。力を使い果たして倒れるかもしれん。そのときは頼む』

そう言い残し、ジーノはヒナの喉に前足を当てる。

彼が呪文を唱えると、「キゥウウ」とヒナが小さく鳴き声を漏らした。

先刻のような、痛々しい声じゃない。それは、とてもかわいらしい声だ。

ジーノの身体が、ぽたり、と地面に落ちる。僕は慌てて、彼を拾い上げた。

「あかちゃん、いたいの、なおった？」

ソラに尋ねられ、ヒナは「キユゥ」とソラの手に頬をすり寄せる。

「おくち、あーんってしてみて」

僕が大きく口を開いて見せると、ヒナはためらうように周囲を見渡した後、おそるおそるくちばしを開く。

すると、さっきまでうまく開かなかったくちばしが、ちゃんと大きく開いた。

うすピンク色の喉。ジーノが治してくれたおかげだと思う。目立った傷もなさそうだ。

「よかった！　これで、他の子と同じごはんが食べられますよ！」

怪鳥に、僕の言葉が通じるだろうか。

「あかちゃん、なおったのー」

「もぐもぐ、できるよ！」

双子たちもいっしょうけんめい、ごはんを食べるジェスチャーをしながら、親鳥にヒナの怪我が治ったことを伝えてくれた。

親鳥は、ぶわりと飛び立ち、なにかを咥（くわ）えて帰ってきた。

よく見るとそれは、小さなネズミだった。

双子たちに見せるには、ちょっと刺激が強すぎる。慌てて抱き寄せ、目隠しをした。

「やー、ゆーと、はなして！」

「あかちゃんもぐもぐ、みるー！」

暴れる双子をなだめ、ヒナが無事に餌を食べられるようになったことを確認する。

「むー！」

ほっぺたを膨らませていきどおる二人に、「ジーノ、すごいね！」と伝えてあげた。

「ジーノ、すごいのー」

「すごいまほうつかい！」

ジーノのことが大好きなのだろう。双子たちは誇らしげに胸をそらす。

瞳をキラキラさせたその姿がかわいらしくて、自然と口元がほころんだ。

くったりと動かないままのジーノを抱きしめ、双子たちは「すごい、すごい！」とジーノの耳や頭を撫でまわす。

「しまった……。『あの木をください』って、どうやってお願いしたらいいんだろう」

ジーノは怪鳥と意思の疎通ができていたけれど、僕らの言葉は、おそらく通じない。

困惑する僕に、ルッカが「まかせて！」と満面の笑みを浮かべてみせた。

てとてとと駆け出し、彼は騎士団から弓を借りて戻ってくる。

その弓を親鳥に見せると、ルッカはいっしょうけんめい、ジェスチャーをした。

「ジーノ、たすける、ゆみ、ひつよう」

ソラもいっしょになって、ジェスチャーを始める。

頂上に生えた大木を指さし、ソラはぴょんぴょんと飛び跳ねた。

「ゆみ、あのき、ひつよう。ちょうだい！」

何度もくり返し、双子たちは懸命に訴え続ける。

すると、親鳥はばさりと羽ばたき、太い枝を一本折って、咥えて持ってきてくれた。

「ありがとうございますっ！」

頭を下げた僕に続き、双子たちも、ぴょこぴょこと跳ねて感謝の気持ちを伝える。

「ありがと！」

「とりさん、だいすき！」

僕や双子には、運ぶことができないほど大きな枝だ。

騎士団の皆が運んでくれることになった。

枝になっている赤い実を、双子たちはちょこちょこと駆けまわって素早くもぎとる。集めたそれを、彼らは親鳥に手渡した。

「キェエエエエ！」と啼いて、親鳥はその実をヒナに分け与える。

他の餌が食べられるようになっても、赤い実はヒナにとっておいしいおやつのようだ。どの子も嬉しそうに「キィキィ」と啼きながら赤い実を平らげた。

「今後も、実りの妨げになるような乱獲は控えます。だから、どうしても必要なときは、この木を分けてください」

山頂だけ木が少ないのは、森林限界ではなく、街のひとたちがこの木を切りすぎたせいなのかもしれない。よく見ると、そこかしこに切り株がある。

職人たちにも、この木が怪鳥にとって大切なものであることを、伝えよう。

ヒナたちは「キィキィ」とかわいらしく啼いて、親鳥は「キエェエエ！」と巨大な咆哮で、僕らを見送ってくれた。

「とりさん、またね！」

「いつか、いっしょにあそぼ！」

こぶしを天に突き出して、握ったり開いたりするのが、双子たちの国の、お別れのあいさつのようだ。

僕も同じジェスチャーをして、その場を後にした。

怪鳥にもらった大枝を持ち帰ると、弓職人にとても喜んでもらうことができた。

この太い枝一本から、十本の聖弓が作れるのだそうだ。

「そんなに作れるんですね！　だとしたら、これからはあまり乱獲しないほうがいいかもしれません。この木は怪鳥たちにとって、とても大切な木のようなのです。どうしても必要なら、植林を考えたほうがいいですよ」

「植林？　なんだ、それは」

　バルドや弓職人が、不思議そうに首をかしげる。

「木を育てることですよ。草花と違って、木は切り倒してしまえば、自然には増えないものも多い。だから、その木の種から苗を作ったり、枝を使って挿し木をしたりして、昆虫や病気、悪天候から守りながら、人間の手で育てるんです」

「木を育てる、か。その発想はなかったな。勝手に生えてくるものだとばかり思っていた」

　ふむ、とバルドは興味深げに頷いた。

「種はどうやって手に入れるのだ？」

「おそらく、赤い木の実のなかにあると思います。ただ蒔いたり、挿し木をしただけでは芽や根が出ないかもしれません。試行錯誤は必要ですが、これ以上減少させないうちに、早めに挑戦するべきだと思います」

「なるほどな。——しかし、悠斗は博識だな。向こうの世界では学者かなにかだったのか」

「いえ、ただの飲食チェーン店の社員です。食材にこだわる店なので、自社養鶏場での養鶏や自社農園での有機農法に力を入れているんですよ」

消費だけを続ければ、動物だって植物だって、いつかは絶滅してしまう。自然の恵みをいただいたら、その分、増やしてかえす。

きっと、それはどこの世界でも大切なことだ。

「さっそく植物学者に相談して、挑戦してみることにしよう。いい案を授けてくれて助かった。お前には先刻もうちの団員たちが助けてもらったし、なにか礼をさせてくれ」

「礼なんて必要ないです。あ、ただ……さっき注文した服や弓ができあがるまで、少し時間がかかるようですし。よかったら宿屋を紹介していただけませんか」

「宿屋だって？　他人行儀なことをいうなよ。お前はジーノの友人なのだろう。双子もお前も大切な客人だ。今晩は城に泊まってくれ。ごちそうも用意する」

「お城に？　え、いいんですか!?」

「ああ、とはいえ、ウチはこのとおり小さな国だ。レスティアやヴェスタのような立派な城じゃないぞ」

ついてこい、といわれ、双子といっしょにバルドの背中を追う。

「それでは、弓の作成、よろしくお願いいたします！」

「ああ、任せてくれ。最高の弓を作るよ！」

弓職人は笑顔で送り出してくれた。

第五章　騎士団ごはん

バルドは『小さな城だ』といっていたけれど。間近に見るレントの城は、想像していたよりもずっと大きく、荘厳だった。

城郭都市のほぼ中央に位置する、白亜（はくあ）の城。

派手さはないけれど、壁や天井に美しいレリーフが彫り込まれており、うっとりするほどきれいだ。

さすがは職人の国。建築技師も優れた者が多いのだろう。

敷地の奥に、国王陛下を始め、王族の住まう宮殿が建っている。

三階建ての建物の二階の角が、バルドの私室とゲストルームなのだそうだ。

ジーノが僕の部屋を『厠より小さい』と表現した理由が、理解できた気がする。

ふだんは利用することのない来客用の部屋なのに、僕のマンションの何倍もの広さがある。

いったい何サイズというのだろう。天蓋つきの見たこともないような大きなベッドに、ゆったりしたソファ。

窓の向こうには広々としたバルコニーがあり、窓際には立派なダイニングテーブルが置かれている。

「すてきな部屋ですね！」

きょろきょろと周囲を見渡し、双子たちも歓声を上げる。

「おとまり、すきー！」

「すきー！」

てとてとと駆け出し、靴のままベッドにダイブしようとした二人を、僕は慌てて抱き上げた。

「ルッカ、ソラ。ベッドに上る前に、靴を脱ごうね」

「チビたち用に、子ども用のベッドを持ってこさせようか」

「大丈夫ですよ。僕がソファで寝て、そのベッドを二人に使ってもらうので」

ソファもどっしりしていて、ふだん使っているベッドよりも寝心地がよさそうだ。

「やー！」

「ゆーと、いっしょねるー！」

左右からむぎゅっと僕に抱きつき、双子たちは甘えたように頬をすり寄せてくる。

大きなしっぽがぶんぶん揺れていて、あまりの愛らしさに、自然と頬が緩んだ。

「わかったよ。いっしょに寝よう」

それぞれの頭を撫でてあげると、ルッカとソラは嬉しそうに目を細める。ぴこぴこと揺れる耳が、喜びを表しているみたいでかわいい。

「よし、それじゃ、夕飯にするか。腹が減っただろう」

「おなか、すいたー！」

「すいたー！」

ぴょこんと飛び跳ね、双子は元気いっぱい叫ぶ。

「おい、ジーノ、お前は食わなくていいのか」

バルドに小突かれ、ソラのポケットでぐったりしていたジーノが目を覚ました。

ジーノは短い前足で額を押さえ、耳をぴんっと立てる。

『バルド。お前、まさか、私たちを王家の晩餐(ばんさん)の場に連れて行く気か』

「なにか問題でも？」

けろっとした声で答えたバルドを前に、ジーノは、ぐったりと肩を落とした。

『ルッカとソラには、賞金がかかっているのだろう。おまけに私は、追われる身だ』

「そんなことはわかってる。我が国は全面的にお前たちの援助をするつもりだ」

『お前の一存で、どうこうできることじゃないだろう。――私たちを匿っていることがおおやけになれば、大国レスティアを敵にまわすことになるのだぞ』

「しかし――」

『バルド、お前の気持ちはありがたい。だが、レントの国を巻き込むわけにはいかない。私たちは、あくまでもお前の個人的な客だ。私が頼ったのはお前個人であって、この国を頼ったわけではないのだ』

きっぱりと言い切ったジーノを見下ろし、バルドは苦虫をかみつぶしたような顔をする。

「相変わらず、頑固な男だな」

『国同士に、むやみな諍いをさせたくないのだ。もし、自分がお尋ね者になっているとわかっていたら、ここにも寄らなかった』

ルッカとソラがとてとてっと駆け出し、ジーノとバルドのあいだに割って入った。

「けんか、だめー！」

「めー！」

『別に私たちは喧嘩なんて――』

ジーノの言葉を遮るように、二人は再度「めー！」と両手を広げて叫ぶ。

がるる、と愛らしく威嚇され、ジーノは降参したように左右の前足を上げた。

『わかった。もうなにもいわない。お前たちに心配をかけてすまなかったな』

ジーノの声が穏やかになったことに、双子は心底ほっとしたように笑顔になる。

ぺたんと耳が寝て、しっぽがふるふる揺れた。

「仕方ねぇな。じゃあ、ここで食うか。お前たち、なにか食べたいものはあるか」

バルドに問われ、双子たちはキラキラと目を輝かせる。

「ゆーとのごはん！」

「ゆーとのつくったごはん、たべたい！」

しっぽをふりふりぴょこぴょこと飛び跳ねる双子たちを、ジーノがたしなめた。

『一日中動き回って、悠斗は疲れているはずだ。わがままをいってはダメだ』

「全然大丈夫だよ。バルド団長、厨房を貸していただくことはできませんか」

「やったー！」

「ゆーとのごはん！」

歓声を上げて、もふっと双子たちが飛びかかってくる。

あったかなその身体を抱きとめ、二人の髪を撫でた。さらさらの銀毛はふわふわしていて、ずっと撫でていたい気持ちよさだ。

「んじゃ、騎士団宿舎の厨房を使おう。騎士団の連中なら、すでに面識があるから問題ないだろう。あいつらなら、国家機密を漏らすような輩（やから）はひとりもいないと保証できる」

バルドはそういって胸を張った。

興奮してぴょんぴょんと跳ね続ける双子たちにマントを被せ、僕らは騎士団宿舎へと向かった。

上品な雰囲気の王宮と違って、騎士団宿舎は、質実剛健な建物だった。

厨房も、飲食店の調理場のように機能重視でシンプルな造りだ。

水道やガスはないけれど、勝手口に井戸があって水は手に入るし、使いやすそうなかまども設えられている。

騎士団は遠征も多いため、料理は当番制で、団員自ら作っているのだそうだ。

「今夜はなにを作っているんですか？」

「肉と豆の煮込みです」

巨大な鍋のなかに、ごろごろ大きな肉の塊と、大豆のような豆が入っている。

「味見をさせていただいてもいいですか」

「いいですよ」

団員は小皿に取り分けた豆とスープ、ひと口大に切った肉を差し出してくれた。

すすってみると、獣くささが口いっぱいに広がる。

「これは……」

あまりの獣くささに怯んだ僕から、双子たちが小皿を奪う。

「ふみゃ！」

「きゅー！」

スープを飲んだとたん、双子はそろって悲鳴を上げた。

涙目になって、べーっと舌を出し、「まずーい」と僕に小皿を押しつける。

「ルッカ、ソラ。よその国の食事を、そんなふうにいってはダメだよ」

国にはそれぞれ文化がある。食事の好みもそれぞれだ。

もしかしたら、この国のひとにとって、これがおいしい料理なのかもしれない。

「いや、正直にいってくれて助かる。こいつらと来たら、『豪快な料理こそ騎士団にふさわしい！』とかいって、どんなに宮廷料理人が作り方を教えても、ちっとも従おうとしないんだ」

ため息交じりに、バルドがぼやく。

「お言葉ですが、団長。宮廷料理人の料理は手順が複雑すぎて、我々素人が再現するのは不可能なのです」

「そうですよ。味も高尚すぎて、我々庶民の口に合うとは言い難いですし」

「だからってなぁ……」

僕から小皿をふんだくり、皿の上の豆と肉をぺろりと平らげると、バルドは残念そうに肩を落とした。

「今日もお世辞にも、うまいとはいえんな」

「し、仕方がないですよっ。宮廷と違って、予算というものがあるんですからっ」

反論する団員の脇をすり抜け、大鍋に近づいて、くん、と匂いをかぐ。

「味の前に、まずは匂いですね。この獣くささを消すことができたら、少しは食べやすくなると思うんです。あの、この厨房に、お酒はありますか」

「酒？　そんなもの、どうするんだ」

不思議そうな顔をするバルドに、僕は向き直る。

「お酒には、肉の臭みをとる効果があるんです。もしあれば、少しいただけませんが」

「構わんが。高価な酒のほうがいいのか」

「いえ、安価なもので大丈夫です。できれば甘味やえぐみのない、すっきりした味わいのものだと助かります」

「ちょっと待ってろよ。——これは、どうだ」

厨房の奥には、酒や食糧を蓄える倉庫がある。

バルドが持ってきてくれたのは、透明でくせのないウォッカのような強い酒だった。

「では、お借りします。あと、可能なら調味料や香草もいただけると助かるのですが」

スープを飲んだ限りでは、塩胡椒なども使っていないようだ。

「香草？　なんだ、そりゃ。調味料なら、色々あるぞ。ほら、その棚に」

棚の上に、瓶に入った調味料と思しきものがいくつか並んでいる。ピンク色の鉱石のようなもの。たぶん、これは塩だろう。

瓶から取り出して舐めてみると、やはりしょっぱかった。

「これを削(けず)るものがあるといいんですが……」

ミルはなさそうだ。バナナの葉のような大きな葉の上に塊を置き、こん棒で叩いて細かくする。取り出した肉に、それを擦り込んだ。

「おい、酒なんか使ったら、チビたちが食えなくなっちまうんじゃないのか」

「大丈夫です。沸騰させてしっかりアルコール分を飛ばせば、子どもにも無害になりますから。あと、肉と豆だけでは、栄養のバランスがいいとはいえないです。よかったら、野菜を足させていただけませんか」

「いいけど、なにを足すんだ？　宮廷の厨房から取ってくるか」

「いいえ、もっと庶民的なものでいいと思います。市場で売っている野菜とか。僕に選ばせていただけませんか」

「そりゃ、構わねぇけど……」

城のまわりには城下町が広がっている。僕らは連れだって野菜を買いに行った。大通りにある屋台は夕暮れどきの今も営業していて、食材や総菜を買い求める街のひとたちで賑わっている。

やわらかな光を放つランタンの下、おいしそうな野菜が並んでいる店があった。見たこともないような珍しい色や形のものも多いけれど、見覚えのある形のものもある。

「これ、トマトの仲間かな……。すみません、味見をさせていただいてもいいですか」

「騎士団の料理を作るんだろ。いいよ、彼らのおかげで、安全に暮らさせているんだから。

どれでも好きなだけ味見してくれ」

ぷっくりと丸いオレンジ色の野菜。かじってみると、やはり味はトマトに似ていた。少し酸味が強いけれど、ジューシーなところもそっくりだ。

「こっちはピーマンやパプリカの仲間かな」

三日月のような形だけれど、肉厚で艶のある薄桃色の野菜。かじってみると、やはりピーマンに似た味がした。ピーマンよりも苦みが少なくて、爽やかだ。

玉ねぎそっくりな形をした、赤い野菜もあった。外皮を剥いてかじると、ツンと刺激がある。セロリと玉ねぎの中間みたいな味と香りで、肉の臭みを消してくれそうだ。

「この三種の野菜が、あの料理には合うと思います。購入させていただいてもいいですか」

「ああ、好きなやつを買ってくれ」

僕が野菜を選ぶあいだ、おとなしくじっとしていた双子たちが、背後からぴょこっと飛び出してくる。

そして、ルビーのような赤い実が葡萄のように連なった、きれいな果実を指さした。

「ルッカ、これ、すき」

「ソラも、すき」

「食べたいの？」

こくっと頷き、双子はちらりとジーノのようすをうかがう。

『バルド、ルッカとソラにこの果実を買ってやってくれないか。そのうち必ず借りは返す』

「ンなもん気にすんな。ふだんは俺のほうが、お前に迷惑ばっかりかけてんだから。ほら、チビちゃんたち、これでいいのか」

「ありがと！」

「ありがと！」

　ぴょこぴょこと飛び跳ね、双子は大喜びする。マントからぶるんとしっぽが飛び出し、僕は慌てて隠してあげた。


　厨房に戻ると、ふわりといい匂いがした。

「だいぶ獣くささが抜けましたね！」

「いわれてみると、確かにさっきまでと匂いが違うな」

　くん、と鼻を鳴らしたバルドに続き、ルッカやソラも、くんくんと匂いをかぐ。

「いいにおい！」

「おいしそ！」

「ありがとう。もっとおいしくするよ。少し待っててね」

　みじん切りにした玉ねぎ風の野菜を鉄鍋で炒めて鍋に投入し、さらにざく切りにしたトマト風の野菜と、三日月形の野菜も追加する。塊のまま、ごろごろ入っていた肉も、食べやすくひと口大に切って、表面を鉄鍋であぶって香ばしさを足した。

味見しながら塩と思しき結晶を足し、味を調えてゆく。

「できました！　お待たせしてしまい、すみません。この国の方たちの味覚にも合うとよいのですが……」

小皿に取り分けて差し出すと、まっさきにバルドが味見をした。

「なんだ、このうまさは！　こんなにうまい煮込み料理、食べたことがないぞ」

大声で叫んだバルドのもとに、双子たちが駆け寄ってくる。

「たべるー」

「ソラもー」

「熱いから、やけどしないように気をつけなよ」

双子たち用に小皿に取り分け、ふうふうして冷ました後、手渡してあげた。

「ほぁ！」

「うま！」

ぶるん、とマントから巨大なしっぽが飛び出す。

双子たちは夢中になって、小皿の料理を平らげた。

「そんなにおいしいんですか……？」

不思議そうな顔をする団員たちに、バルドが小皿を差し出す。

「こ、これは……！」

「うんざりするほど食い飽きた豆と肉の煮込みが、こんなにもうまくなるなんてっ……」

驚きに目を見開き、団員たちは顔を見合わせる。

「料理って、特に凝ったことをしなくても、高価な材料を使わなくても、ほんの少し工夫するだけで、すごくおいしくなると思うんです」

僕がそう告げると、団員たちは困惑げな顔をした。

「その、ほんの少しの工夫とやらが、わからないのだ。なにを工夫したらいいのか、さっぱり見当がつかない」

「たとえば肉料理だと、臭みやえぐみを消すことと、しっかり下味をつけること、食べやすい食感に仕上げること。その三つを意識すると、おいしく仕上がると思いますよ」

「そのために、酒を入れたりしていたのか」

「そうです。野生の獣は特に匂いが強いですし、酒や香味野菜、香草を使うと、よりおいしく食べられるんです」

「こうみやさい……？」

「香りを添え、味を引き立てるために用いられる野菜のことです。なにを入れたらいいのかわからないときは、市場の方に教えてもらうといいですよ。これらの野菜は、市場で購入してきたんです。町のひとたちがふだん食べている食材なら、団員のみなさんのお口にも合いますよね?」

どの肉には、どの香味野菜や香草が合うか。別の世界から来た僕なんかより、市場のひとたちのほうがずっと詳しいだろう。

「よし、夕飯にするか。お前たちは宮殿で食べるか?」

『そうだな。できるかぎり双子たちを人目に晒したくない』

即答したジーノの隣で、双子がしょんぼりと耳を垂れさせた。

「ぐるぐるぎゅー」

「ぎゅー!」

お腹が空きすぎて動けない、ということだろうか。

二人そろってお腹を押さえ、その場にしゃがみこんでしまう。

「ジーノ。二人のことを心配する気持ちはわかるが、団員は私の家族も同然だ。信用してやってくれないか。食事は大勢で喰ったほうがうまいだろう」

「しんようする!」

「するー!」

ぴょこん、と飛び跳ね、双子たちは立ち上がる。

『仕方がない。ここでいただくか』

ため息交じりにジーノがいうと、双子はジーノを抱きしめ、左右の頬に二人そろって頬ずりをした。

大きなテーブルがいくつも並んだ、騎士団宿舎の食堂。

みんなといっしょに食事を摂ることができて、ルッカとソラもとても嬉しそうだ。

食前の祈りをささげる団員たち。双子たちもお祈りをささげた後、料理に手を伸ばした。

「ルッカ、ソラ、熱いから、ふうふうして食べなよ」

こくんと頷き、二人は、ふうふうしながらスプーンを口に運ぶ。

ぱくりと頬張り、翡翠色の瞳を大きく見開いた。

「うま！」

「うまー！」

ぴんっと獣耳が立ち、もふもふのしっぽが、ぶんぶんと大きく揺れる。

どんなに隠してあげようとしても、大暴れするしっぽを隠しきることはできなかった。

小さな身体をゆっさゆっさと左右に揺すって、全身で喜びを表現している。

あまりのかわいらしさに、ぎゅーっと抱きしめたい衝動に駆られた。

「うまいな！」

「これはいい！」

そこかしこから、団員たちの歓声が上がる。

「すばらしい腕前だな。博識な上に、料理の腕もずば抜けて優れている。悠斗、報酬は弾む。この国で働かないか」

バルドの言葉に、双子たちがスプーンを手にしたまま、ぴょこんと椅子の上に飛び上がった。両手を広げ、僕をバルドから隠そうとする。

「だめー！」

「ゆーと、ソラとルッカの！」

しっぽや耳の毛を逆立て、双子は「がるるっ！」と唸り声を上げる。

ぎゅうっと左右から抱きついてきた彼らの頭を、僕はそっと撫でてあげた。

『バルド、悪いが悠斗は私が見つけ出した逸材だ。双子たちもよく懐いている。お前に譲ってやる気はない』

ぺし、とジーノがバルドの鼻柱にうさぎパンチを食らわせる。

「悠斗。報酬はいくらもらっているんだ。ウチのほうが、多く出せると思うぞ」

「報酬……？　報酬は、特に」

ジーノと最初に出会ったとき、双子たちの養育費として宝石を受け取るようにいわれたけれど、面倒なので辞退した。あんな希少なものを質屋に持ち込んだら、入手経路など、詳しく追求される羽目になるだろう。

「はぁっ!?　お前、無償で働いているのか。おい、ジーノ。なにを考えているんだ。決めた。悠斗はウチの騎士団にもらう」

「だめー！」

「めー！」

ルッカとソラが、そろってバルドに飛びかかる。

思いきり引っかかれ、がぶっと噛みつかれた団長が、「いてて！」と悲鳴を上げた。

「諦めきれんな。悠斗は向こうの世界では、料理人をしていたのか」

「いえ、鶏料理店の社員ですが、現場のスタッフではなく、運営の仕事をしていました」

「こんなにもすばらしい料理の腕前があるのに、か？」

大げさに驚かれ、僕は口ごもる。

本当は、料理の道に進みたかった。けれども、自分の夢を貫く勇気がなかったのだ。

幼いころから、地元の国立大学、N大に行くことだけを言い聞かされ、育てられてきた。

絶対に地元名古屋を離れてはならない。N大に行かなくてはならない。

一族の男子全員に科せられた義務だった。

在学中に税理士試験に合格し、公認会計士資格も取得した。

それが、自分の希望する企業に就職することを許可してもらえる、唯一の方法だった。

本当は勉強なんかより、料理がしたかった。

けれども、実家では男子が厨房に近づくことさえ許されなかった。

だから、『勉強に専念するためにひとり暮らしをしたい』と懇願し、実家を飛び出したのだ。県内随一の老舗料理店に就職し、店舗のマネジメント業務に携わっている。

厨房に立ちたい。

その想いを隠して、日々背広を着て働いている。

「ゆーとのごはん、すきー」

「ずっと、たべたい」

きゅ、と僕に抱きつき、双子たちが頬をすり寄せてくる。

「ゆーと、これからもずっと、おそばいて。よそ、いかないで」

実の母親を失い、父親とも離ればなれ。大好きな叔父のジーノも実体を牢に囚われ、うさぎのぬいぐるみ姿だ。

いっしょうけんめい明るく振る舞っているけれど、きっと、とても心細いのだと思う。

ぎゅうぎゅうに抱きついてくるルッカとソラの小さな手が、かすかに震えている。

僕はめいっぱい手を伸ばし、二人の身体をぎゅっと抱きしめた。

自分の作った料理を、「おいしい」「だいすき」といって食べてくれる二人。

叶わなかった夢をようやく叶えることができたみたいな気分だ。

いつのまにか、この世界での生活に楽しさを見いだしていることに、僕は今さらのように気づいた。

第六章　港町スオーノで船を買う

翌朝、仕立屋で新しい服に着替えて、次の目的地に向かうことになった。

できあがった服は、半袖だった。僕は開襟シャツと長ズボン。

ルッカとソラは幼稚園で着るスモックのような、ゆったりした半袖の服と半ズボンだ。淡い水色の生地に白い丸襟がかわいらしい。耳を隠すためのフードがついていて、お尻の部分にゆとりがあるため、しっぽもちゃんと隠れている。

すそがふわっと広がっているのが気に入ったのか、ルッカとソラは仕立て屋の大きな鏡の前でくるくるとまわって、お互いの姿を眺めてはニコニコしていた。

「本当に、護衛なしで大丈夫なのか」

城門前まで見送りに来たバルドが、心配そうに僕らを見渡す。

『問題ない。むしろ武装した騎士団を引き連れて押しかけては、行く先々で無用な諍いを生みかねないだろう』

そっけなく答えたジーノに、バルドは小さくため息を吐いた。

「まったく。相変わらず、お前は何でもかんでも自分ひとりで抱え込むんだな」

『そうでもない。こうして、お前を頼って来ただろう。——万が一、私の身になにかあったときは、この子たちと悠斗のことを頼む』

ジーノはそういって、バルドに巻物のようなものを託す。

バルドはそれを、いつになく真剣な表情で懐にしまった。

「本当に、色々とお世話になりました。ありがとうございます」

深々と頭を下げた僕に、バルドは白い歯を見せて爽やかに笑う。

「悠斗。ジーノの口うるささに嫌気がさしたら、いつでも俺のところに来いよ。我が騎士団はお前の入団を心待ちにしているからな」

「むーっ！」

「だめーっ！」

ルッカとソラが左右から僕に抱きつき、「がるるっ！」とバルドを威嚇した。

「そんなにムキになるな。冗談だよ。お前たちから、無理に悠斗を奪うようなことはしない」

バルドにそういわれても、双子は僕から離れようとしない。ぎゅうぎゅうに抱きついてくる彼らの頭を、僕はフード越しに撫でてあげた。

「ほれ、チビたち。我が国自慢の焼き菓子だ。おやつに持っていけ」

菓子の詰まった大きな包みを差し出され、双子たちは「がるるっ」と威嚇の唸り声を上げながらも、それを受け取った。

包みを開いて中身を確認すると、二人とも、へにゃっと嬉しそうな笑顔になる。

おいしそうな甘い匂いが、僕の鼻先にまで漂ってきた。

「お前にはこれだ。ほら、持って行け」

重たそうな布袋を、バルドはジーノに手渡す。おそらく、金貨かなにかが入っているのだろう。

『この礼は必ず』

ジーノはバルドに礼を告げ、ぴょこんと僕の肩に飛び乗る。

『よし、行くぞ。三人とも、しっかりとそれぞれの手を繋げ』

「ぎゅー、でもいい？」

「おててより、ぎゅー、のがすきー」

ルッカとソラは手を繋ぐ代わりに、僕の身体にしがみついた。

『どちらでもいい。離れなければ大丈夫だ』

「「やったー！」」

ぴょんぴょんと飛び跳ね、双子は僕に頬をすりよせる。

僕は彼らの身体をぎゅっと抱きしめ、衝撃に備えた。

次の目的地は、港町スオーノ。エテルノの弓に張る、弦の材料を探しに行くのだそうだ。

スオーノまでは、ジーノの空間転移魔法で移動する。

前回は眠っているあいだに移動したし、意識のある状態で空間転移を体験するのは初めてだ。不安を感じながら、僕は双子を抱く腕に力をこめた。

ジーノが前足を額に当て、詠唱を始める。翡翠色の光が、僕らを包み込んだ。

まばゆさに目を閉じ、おそるおそる開くと——目の前に強い日差しを浴びてキラキラと輝くエメラルドグリーンの海と、白く美しい砂浜が広がっていた。

「ほわ、きれいっ！」

「きれいー！」

波打ち際に向かって駆け出そうとするルッカとソラを、慌てて抱き上げる。

ぶんぶんと大きくしっぽを振って、二人は僕の腕から逃げ出そうとした。

『ルッカ、ソラ。水遊びは後だ。まずはケートスを探しに行くぞ』

「けーとす？」

首をかしげた双子に、ジーノは答える。

『とてつもなく大きなクジラだよ。エテルノの弓の弦は、ケートスのひげから作られるんだ』

「けーとすさん、どこ？」

『南海のどこかだ。スオーノはクジラ漁が盛んな街でな。ケートスにも詳しい漁師が多いと聞いている。ケートス探しを手伝ってもらおう』

ちょこんと僕の肩に腰をおろし、ジーノは短い前足を突き出す。

『あっちだ。町に行って、クジラ漁の達人を探せ』

「わかったよ。——そういえば、僕の言葉ってどうしてまわりのひとたちに通じてるんだ？　皆のしゃべっている言葉も、全部、僕の世界の言葉、日本語に聞こえるんだけど……」

『今ごろ気づいたのか』

呆れた声でいわれ、むっとして言いかえす。

「仕方がないだろう。それどころじゃなかったんだから」

あまりにも色々なことがありすぎて、気にかける暇がなかった。

こちらの世界に来てまだ数日しか経っていないのに。一生分の冒険をしたような気分だ。

『私の魔法だ。便利だろう』

「便利だけど、魔法をかけ続けていたら、ジーノの魔力が減ってしまうんじゃないのか」

『一度かければ、お前が死ぬまで続く永続魔法だ。そんなことより、街が見えてきたぞ。ほら、さっさと調べろ。この国の民は魔法に慣れていない。私はしばらくぬいぐるみのふりをする』

ふわりと中空に舞い上がり、ジーノは僕のポケットにむいむいと潜り込んだ。くたっと脱力し、普通のぬいぐるみに擬態する。

「魔法に慣れていない国、なんてあるんだね。こっちの世界では、どこに行っても魔法が一般的なものなのかと思ったよ」

ぬいぐるみのふりをしてしゃべらないジーノに代わって、ソラが僕に教えてくれた。

「あるー。まほう、とくべつ」

魔法のおかげで一瞬で移動できたけれど、もしかしたらレントの国から遠く離れた場所なのかもしれない。

ここは真夏のように日差しが強く、気温も高い。半袖の服を仕立てた理由が、ようやく理解できた。

高い城壁に覆われたレントの町と違い、スオーノの町はなんの仕切りもなく開かれている。

まばゆい日差しを浴びて輝く純白の壁と、オレンジ色の屋根の家がずらりと並び、ヤシの木みたいな背の高い木が潮風に揺れている。

軒先には色とりどりの貝殻を並べてつるしたオブジェのようなものがぶら下がっていて、風に吹かれてカラカラと軽やかな音を奏でている。

家々の壁同様、道行くひとたちも白い服をまとっている。

目の覚めるような白さが、青い空と青い海にとても映えている。

「あの、すみません。クジラ漁の得意な漁師さんを探しているのですが……」

大きなかごに山盛りになった果実を頭に載せて運ぶ老婆に、僕は声をかけた。

「クジラ漁の得意な漁師だって⁉　そんなものを聞いて、どうするつもりだい」

重たそうな果実のかごを地面におろすと、怪訝な顔で老婆は僕を見上げる。

「ケートスの居場所を教えてもらいたいんです。どうしてもケートスのひげが必要で……」

「やめときな。そんなもの、いくら命があっても足りないよ！」

忌まわしげな声で、老婆は叫んだ。

「そんなに危険なんですか？」

「危険なんてもんじゃない。こんな小さな子を連れてケートスを探しに行くなんて、自殺するようなもんだ」

呆れた顔でいうと、老婆はしゃがみこんで双子たちに目線の高さを合わせた。

「悪いことはいわない。やめときな」

双子たちは顔を見合わせ、ふるふると首をふる。

「やー。けーとすさんのおひげ、ひつようー」

「ソラ、ルッカ、つよい。きけん、ないのー！」

ぴょこんと飛び跳ねて主張した双子に、老婆は大きなため息を吐く。

「アンタたちがどんなに強くたってね、大波に飲まれたらひとたまりもないよ」

「だいじょぶ！」

「じょぶ！」

「大丈夫なわけがあるかい。ケートスを探しに行くなんていえば、どうせ誰も船を出したりしない。諦めてさっさと帰りな！」

険しい声音でいうと、老婆は僕らに背を向け、去っていってしまった。

他のひとたちにも声をかけてみたけれど、誰もが口々に「危ないからやめておきな」と眉をひそめる。

やっとのことで探し出したクジラ漁師からも、「無謀すぎる」といわれてしまった。

「ケートスってのは、普通のクジラの何倍も大きな、バケモノみてぇな生き物なんだぞ。やつが尾びれを軽く跳ねさせるだけで、どんなに立派な船も波に呑まれて沈んじまう」

「そこをなんとかお願いできませんか。謝礼は弾みますので」

どれだけ懇願しても、「いくら大金が手に入ったって、死んじまったら終わりだ」と相手にしてもらえなかった。

「どうしよう。困ったな……」

途方に暮れた僕は、依頼を受けてくれそうなひとを、なんとかして探し出そうと思い、街の南にある港に向かった。

港にはたくさんの船が停泊しており、漁師と思しきひとたちが網や船の手入れをしている。片っ端から声をかけてみたけれど、やはり誰からも相手にしてもらえなかった。

諦めかけたそのとき、『漁船売ります』と書かれた看板を持った少年の姿が視界に飛び込んできた。

他の船から少し離れた場所に座った彼のそばには、ぽつんと一艘の船がとまっている。

看板に書かれた船の売値は、ジーノがケートス探しに協力してくれた漁師に支払うといっている謝礼よりも安い。僕はダメもとで声をかけてみた。

「きみ、この船を売ろうとしているの？」

「買ってくれるのか⁉」

瞳を輝かせ、少年が飛び上がる。十四、五歳くらいだろうか。

手足の長いやせた身体に、日に焼けた肌。オレンジがかった茶色い髪を短く刈り上げた、人懐っこそうな顔だちの少年だ。

「親御さんはどこかな。漁船を持っているってことは、きみの親御さんは漁師さんだよね？」

僕の問いに、少年は悲しげに目を伏せる。

「親はいないんだ。一度も会ったことがない。代わりにじいちゃんが俺の面倒を見てくれてたんだけど、そのじいちゃんも死んじゃって……」

よく見ると、少年のシャツや半ズボンはボロボロで、ところどころ破れている。

「この船は、もしかして、おじいさんの形見？」

「ああ、大事な船だけど、仕方ない。今日食うものにも困ってんだ。この船を売る以外、飢えをしのぐ方法はないと思ってな」

「おにーちゃん、はらぺこ？」

「ぺこ？」

双子たちに心配そうな顔をされ、少年は「すきっ腹には慣れてんだ」と鼻の下をこする。

最後まで言い終わる前に、ぎゅるるるるーと盛大な腹の音が響き渡った。

顔を見合わせ、双子はバルドからもらった菓子の包みを開く。

そこから一番大きな菓子を取り出し、少年に差し出した。

「いいよ。ガキから菓子を取り上げるなんて悪いし！」

「わるい、ないのー」

「おかし、いっぱい」

にこにこの笑顔で差し出され、少年は戸惑いながらも菓子を受け取った。

包みを開いてかぶりつくと、大きく目を見開く。よっぽど腹が減っていたのだろう。あっというまに平らげ、汚れた口元を拭った。

「情けねぇ話だけど、腹が減りすぎて目がまわってたんだ。助かったよ、ありがとう」

少年にお礼をいわれ、二人はとても嬉しそうだ。にこにこの笑顔で包みを開き、さらに別の菓子も差し出した。

「いいって。お前らの分、なくなっちまうぞ」

「だいじょぶ」

「いっぱい、あるのー」

ルッカはむいっと少年の口に焼き菓子を押しこむ。少年はひとくちで平らげ、申し訳なさそうな顔をした。

「おじいさんの他に、誰か頼れるひとはいないのかな」

僕の問いに、少年は肩をすくめてみせる。

「ここのところ、ケートスが暴れ狂ってるせいで、遠洋漁業ができなくなっちまってな。みんな食べていくのに精いっぱいで、誰も他人の面倒なんか見る余裕はねぇんだ」

「ケートスって、そんなに狂暴なの？」

「昔はそうでもなかったみたいだけどな。ここ最近は、危なっかしくて誰も近寄れねぇ。そんな状態だから、船を売ろうにも、買い手がつかなくてなぁ……」

危険なことを隠して売りつけようと思えば、そうすることもできたはずなのに。

少年は正直にそう教えてくれた。

「僕たち、実はそのケートスを探しに行こうとしているんだ。きみの船、売ってくれないかな」

「は!? なにいってんだ。今、俺がした話、聞いてなかったのか。アンタ、どう見ても船乗りじゃないだろ。百戦錬磨のベテラン漁師でさえ、外洋には出られなくなってんだ。素人のアンタがケートスに遭遇したら、一発で沈められちまうよ！」

「だいじょぶ。ルッカ、ソラ、つよい！」

「つよい！」

「や、強いとか弱いとか、そういう問題じゃないから！」

呆れた顔をする少年に、僕は深々と頭を下げた。

「どうしても、ケートスを探さなくちゃいけない理由があるんだ。この子たちの大切な家族の命がかかっているんだよ。その船を売って欲しい」

「おふね、ひつようー」

「ちょうだい！」

ぴょこんと飛び跳ね、ルッカとソラがねだる。少年は頭を掻きむしり、天を仰いだ。

「くそっ……！ このまま船が売れなかったら、俺は飢え死ぬ。アンタらに船を売ってなにかあったら、食うには困らないけど、死ぬほど夢見が悪い。あぁ、どうしろってんだよっ」

ぐったりとうなだれた少年のもとに、ぴょこんとジーノが飛び出してゆく。

『どうもしなくていい。私たちは簡単には死なない。船を売ってくれ』

　少年は大きく目を見開き、頭を抱えて絶叫した。

「うわぁあああ、ぬいぐるみがしゃべった……！」

　腰を抜かして地面に転がった少年の目の前に、ふわりとジーノは舞い降りる。

『このとおり、私には強力な魔力がある。めったなことでは死にはしないし、この子たちも死なせない。だから、その船を売ってくれないか』

「い、い、いいけどっ……アンタら、船、操舵できるのかよ」

　震える声で、少年がジーノに問う。

『できぬな。お前はできるのか』

「できるに決まってる。俺は、スオーノの海の男だぜ！」

　腰砕けになりながらも、少年は胸を張る。

　得意げに答えた少年に、ジーノはぴょこんと前足を差し出した。

『謝礼を追加する。操舵の仕方を、この男に教えて欲しい』

「はぁっ……？　別に教えてもいいけど……教えたところで、簡単に習得できるもんじゃねぇぜ。海ってのは生き物なんだ。潮の満ち引きや流れを読んで、臨機応変に対応しなくちゃいけない」

『お前はそれができるのか』

「で、できるに決まってるっ……！」

ふん、と鼻を鳴らし、少年は答える。

「すごいねぇ、まだ若いのに」

思わず呟いた僕の隣で、双子たちがぴょこんと飛び跳ねた。

「すごい！」

「すごい！」

皆から褒められ、少年はまんざらでもなさそうな顔をした。

『ならば、我々をケートスのもとまで連れて行って欲しい。操舵の腕に自信があるのだろう』

ジーノの言葉に、少年は戸惑うような表情をする。

「ダメだよ、ジーノ。この子はまだ子どもなんだから。危険な場所には連れて行けない」

「う、うるせぇ、子どもじゃねぇ！」

むっとした顔で、少年が反論する。彼は立ち上がると、腕を組んで胸を張った。

「仕方ねぇ、ケートスのいる場所まで、俺が連れて行く！　とっとと乗れ！」

やけくそみたいに宣言した少年に、双子が心配そうな顔を向けた。

「おにーちゃん、むりしてるー」

「し、してない！」

『安心しろ。お前の命も私が守る。魔法の力があれば、なにがあっても死ぬことはない。お前、名はなんという』

「ヴィーヴォ」

「ヴィー！」

うまく発音できないのだろうか。ルッカが少年を、ヴィーと呼ぶ。

「じいちゃんが、よく俺のことをそう呼んでたな」

懐かしむような声で、少年が呟く。

「ヴィー！」

「ヴィー！」

思い出のなかの呼び名。軽々しく使わないほうがいいのではないか、と心配になったけれど、双子はすっかり彼のことを『ヴィー』と呼び始めている。

『よし、ヴィー、船を出してくれ！』

ジーノも、彼のことをヴィーと呼んだ。

ヴィーがマストにくくりつけられたロープを引っ張ると、ばさりと大きな音がして、風を受けた帆が大きく膨らむ。

『ケートスの居場所はわかるのか』

「餌を求めて常に移動してるから、一か所にじっとしてるわけじゃないけど。ケートスはリーフの内側には入ってこないからな。やつがいるのはリーフの外、外洋だ。まずは外洋に出る」

ヴィーは頼もしい声でいうと、マストから飛び降りて舵の前に立つ。

彼の青い瞳が、生き生きと輝いて見えた。

「ヴィー、かっこいい！」

「かっこいー！」

ルッカとソラの歓声に、ヴィーは照れくさそうに鼻の下をこする。

さぁっと吹き抜けてゆく爽やかな潮風。きゅう、きゅう、と啼く海鳥の声。

ゆっくりと船が動き出した。

しばらくすると、淡いエメラルドグリーンから濃い碧へ。眼下に見える海の色が変わった。

ルッカとソラは船の縁から身を乗り出すようにして、楽しそうに水面を眺めている。

「ルッカ、ソラ。あんまり身を乗り出すと危ないよ」

心配になって、僕は二人を抱き寄せる。僕の腕のなかで、二人は愛らしい歓声を上げた。

「おさかな、きれいー！」

「かわいー！」

つられるように水中に視線を向けると、そこには鮮やかなレモンイエローの魚たちが群れを作っていた。

「確かに、きれいだね！」

花吹雪のように美しい魚の群れ。すぐそばを、大きなカメがゆったりと気持ちよさそうに泳いでいる。

「あれ、なにー」

カメを指さし、ルッカが不思議そうに首をかしげる。

「カメさんだよ。見るの、初めて？」

「はじめてー！」

「ほぁ、カメさん、かわいー！」

めいっぱい手を伸ばし、二人はカメに触れようとした。

船上から水面までは距離があって、どんなに手を伸ばしても、触れることはできない。

「ケートスのひげが手に入ったら、磯遊びしようね」

「いそあそびー？」

「波打ち際で遊ぶことだよ。魚さんや、もしかしたらカメさんにも会えるかもしれない」

「たのしみー！」

ゆっさゆっさと身体を揺すって、二人は全身で喜びを表現する。

ふわりと風が吹き、二人の被ったフードを浮かび上がらせた。

「み、みみ⁉」

ルッカとソラの獣耳があらわになって、ヴィーが驚きに目を見開く。

「ルッカ、ソラ、おおかみのしんじゅうー。ヴィー、みみ、きらい？」

不安そうな顔で、双子はヴィーを見上げた。

「き、嫌い、とかない。ただ、初めて見るから……びっくりしただけ」

へにゃっと耳を垂らしていた双子が、ぴんっと獣耳を立てる。

「えっ、ルッカとソラって、狼なの⁉」

『なんだ、今まで気づいていなかったのか。なんだと思っていたんだ』

呆れた顔で、ジーノが僕を見る。

「え、子犬かなって……」

『そんなかわいらしいもののわけがないだろう。二人の父親は大陸最強の神獣だぞ』

ジーノにいわれ、僕はまじまじと二人の姿を観察した。

「ヴィー、ソラ、ルッカ、すき？」

くりっと大きな瞳に、ぷくぷくほっぺの人懐っこい顔だち。子犬そのものみたいな愛くるしい表情で、ルッカとソラがヴィーに問いかける。

「——好き、だと思う。お菓子、くれたし」

照れくさそうにヴィーが答えると、ルッカとソラは嬉しそうにぴょこんと飛び跳ねた。

「やったー！　ソラ、ルッカ、ともだち、できた！」

ぶんぶんとしっぽを振って、二人は大喜びする。

そのとき、ぐらりと船が大きく揺れた。

「ルッカ、ソラ！」

とっさに双子を抱きしめ、甲板に伏せる。

「ケートスだ……！　なんで、こんなにリーフエッジに近い場所に……っ」

ヴィーが緊迫した声で叫ぶ。

彼の視線の先。はるか遠い場所に、クジラの尾びれのようなものが見えた。

形はクジラの尾びれなのに、色はまっしろだ。

尾びれがうねると、とてつもない荒波が僕らを襲ってきた。

「しっかり掴まれ！」

ヴィーはそう叫び、舵に飛びつく。

「けーとすさん……？」

不思議そうな顔で、双子たちが白く巨大なクジラを見つめた。

『想像以上の怪力だな。このままでは船がもたぬ。結界を張るぞ。皆、ヴィーのそばに寄れ』

ヴィーを囲むようにして、皆で身を寄せ合う。

前に後ろに、まるで遊園地のアトラクションによくある『バイキング』みたいに、船が大きく傾いだ。

短い前足を額に当て、ジーノが詠唱を始める。

「ジーノ、どこかに空間転移して逃げよう！」

『そのつもりだが、この船はすでにケートスの結界に取り込まれておる。他者の結界内での魔法は、打ち消されやすいのだ。我が魔力をもってしても、どこまで飛べるかわからない』

「ケートスの魔力に、ジーノが負けるってこと？」

『う、うるさい！　仕方がないだろう。ケートスの魔力は、体格同様、とてつもなく大きいのだ』

翡翠色の光が、僕らを包み込む。

揺れが激しくなって、船の外に放り出されそうになった。

「ジーノ、限界だ。このままじゃ吹き飛ばされる！」

ジーノの詠唱が、より強い口調になる。朗々とした低い声が、僕らの身体を包み込んだ。

そのとき、ドスンと船底から突き上げられるような、巨大な波が襲ってきた。船体がぶわりと浮き上がり、僕らの身体も中空に吹っ飛ぶ。

翡翠色の光が、ぱぁっと弾けた。まぶしさに目を閉じ、無我夢中で双子を抱きしめる。

「ゆーと！」

ぎゅうっとしがみついてくる双子たち。

抱きしめたまま、僕は意識を手放してしまった。

第七章　海の民、ベーネの島で

ジリジリと肌を焼く日差し。まぶたを閉じていても感じる、強い光。

おそるおそる目を開くと、鮮烈な青が飛び込んできた。

今までに見たことがないくらい、濃い青。雲ひとつない快晴のまばゆさが目に沁みる。

まばたきをくり返し、ようやくまぶしさに慣れたとき、「わふー！」とルッカとソラが飛びかかってきた。

ぺろぺろと頬を舐められ、くすぐったさに身をよじる。

僕の隣には、ヴィーとジーノが倒れている。

そして、僕らをぐるりと取り囲むように、褐色の肌のひとたちが立ち並んでいた。

「ジーノ、起きて」

うさぎのぬいぐるみをつまみ上げると、目を覚ましたジーノがうっとうしそうに手足をばたつかせる。

『離せ！』

ぴょん、と飛び跳ねて叫んだジーノを見やり、周囲のひとたちが驚きに目を見開いた。

「ジーノ、ここ、どこ……？」

『スオーノに戻ったつもりだったのだがな――ケートスの魔力に阻まれ、うまく転移できなかったようだ。ここは――』

「ベーネだ。スオーノの沖合にある離島だよ。他国との交流を拒んで暮らしている、『海の民』って呼ばれているひとたちだ」

ヴィーはそう答えた後、小声で付け加える。

「他国の人間を憎んでて、うっかり漂着した者は食べられてしまうって聞いたことがある」

「えっ⁉」

僕はとっさに、双子の身体を抱きしめる。僕らの前に、ひとりの少女が歩み出た。

褐色の肌に艶やかな黒髪。とても美しい少女だ。

彼女は二つに割ったヤシの実のような丸くて大きな果実を、ルッカとソラに差し出す。

白くてやわらかそうな果肉には、木でできたストローのようなものが刺さっていた。

「私はこの島の長（おさ）の孫、ミアよ。喉、乾いているでしょう。まずはこの子たちにあげる」

「これ、なにー？」

不思議そうな顔で、双子が首をかしげる。

『シュロの実だな。この実の果汁は、甘くてとてもおいしいんだ。飲んでごらん』

ジーノに勧められ、双子たちはおそるおそるストローに口をつける。

ちゅうっと吸い込み、大きく目を見開いた。

「あまーい！」

「おいしー！」

ぴんと耳が立ち、しっぽがぶんぶんと揺れる。

ぴょんぴょんと飛び跳ね、二人は全身でおいしさを表した。夢中になって、ちゅうちゅうと果汁を吸い続ける。

ミアと名乗った少女は、僕とヴィーにも、ひとつずつシュロの実をくれた。

ストローを咥えて吸い上げてみると、口いっぱいにやさしい甘さが広がった。

「おいしい！」

そのおいしさに感動していると、じとーっとうらやましそうに僕を見つめるジーノと目が合った。

「ジーノも飲む？」

こくっと頷き、ジーノはストローに飛びつく。

声の感じや話し方からしたら、すごくクールな印象だけれど、ジーノは甘いものに目がないようだ。僕のシュロを離そうとしないジーノに気づき、ミアが新しいシュロを用意してくれた。

「遭難者を食べるような、恐ろしいひとたちには見えないけど？」

小声で囁いた僕に、ヴィーは、ふるふると首を振る。

「餌づけして太らせてから、食べる気かも」

まだ警戒しているようだ。それでも喉の渇きには抗えないようで、果汁を吸うのはやめない。

緑の葉を茂らせた南国風の背の高い木がたくさん生えたその島には、スオーノやレントのような高層の建物はなく、テントのような形の小ぶりな木造の小屋が並んでいる。

服装も他の都市と比べたら簡素で、男性も女性も、シンプルなワンピースのようなものをまとっている。

「なぜ、ここへ来たの。ここは渦潮とリーフに護られた島。普通の船ではたどり着けないはず」

ミアに問われ、僕は正直に答えた。

「ケートスを探しに沖に出て、遭難したんです。大波にさらわれ、気づくとこの島に……」

「ケートスに近づくなんて、自殺行為よ。ここのところ、ずっとケートスは機嫌が悪い」

形のよい眉をひそめ、ミアは険しい声音でいう。

「どうして機嫌が悪いんですか」

「わからない。昔は、こんなことなかったのに。今では私たちの島のオルーさえ、近づくことができないの」

「オルー……？」

「オルー。あの子たちよ」

ミアが指さす先、水面にはいくつかの背びれが見えた。

彼女が歩み寄ると、すうっと岸に寄ってくる。彼女の手のひらを目指してジャンプしたそれは、僕らの世界でいうところのイルカに似た生き物だった。

形はイルカそっくりだけれど、肌の色は鮮やかなレモンイエローだ。つぶらでやさしい目をしていて、とてもかわいい。愛嬌たっぷりにミアに懐いている。

「この島のひとたちは、オルーに乗って漁をするって聞いたことがある。オルーとすごく仲がいいんだ」

ヴィーが、小声で教えてくれた。

「ケートスの機嫌が悪いせいで、オルーが怯えてしまって。リーフの外に出たがらないの」

そのせいで大きな魚を獲ることができず、食糧難に陥っているのだという。

「不漁な上に、ここのところ暑さも厳しくて。何人もの島民が体調を崩しているの」

ミアの祖父で、この島の長を務める男性も、床に伏しているのだそうだ。

「確かに、この島の暑さは堪えますね……。お医者さまには見せたのですか」

「オイシャサマってなに……？」

不思議そうな表情で、ミアは首をかしげる。

「病気や怪我を治すひとのことだよ」

「ああ、祈祷師のことね。祈祷師には見せたわ。今朝もお祈りをしてもらったの」

この島には医術が存在せず、怪我や病気は祈祷で治すことになっているようだ。

「祈祷師が治癒の魔法を使えればいいけど。もし魔力がなかったら、治るものも治らないのでは……。ジーノ、きみの魔法で治してあげることはできないのか」

『このあいだもいったと思うが、私は治癒魔法があまり得意ではないのだ。一人や二人ならまだしも、何人も、となると不可能だな。だいたい、原因のわからない体調不良を治すのは、治癒魔法のなかでもかなり高度な技術が必要なんだ』

腕組みするように前足を組み、ジーノはため息を吐く。

「だからって、放っておけないだろ。すみません、長はどちらに……」

『おい、悠斗。なにを勝手なことを……』

止めようとしたジーノと僕のあいだに、ルッカとソラが割って入る。

「びょうき、かわいそ。なおすのー」

戸惑いながらも、ミアは僕らを長の元に案内してくれた。

島の中程に建つ、ひときわ大きな小屋。室内に入ると、むっとした熱気が肌にまとわりついてくる。室内は暗く、とても蒸し暑かった。

「こんな暑い場所にいたら、健康な人間でも、具合が悪くなってしまうのでは……せめて扉を開けるとか、風通しのよい場所に寝かしてあげたほうがいいですよ」

僕の言葉に、ミアはふるふると首を振る。

「この島には、病人には太陽の光を浴びせたらいけないって、言い伝えがあるの」

「確かに病人に直射日光はよくないけど。それ以上に暑さのほうが危険だよ。この部屋の温度は、下手をしたら体温より高いだろう」

扉を開くと、かすかな風が入ってくる。反対側の扉も開き、風が抜けるようにした。

「食事は、なにを食べさせているんですか」

「食欲がなくて……なにも食べてくれないの」

この島の主食は、ポムというごつごつした大きな芋。すり鉢ですりおろしてペースト状にしたものを食べるのだそうだ。どろりとしたそのペーストは、もっちりと弾力があり、食欲のない老人には食べられないのだという。

「米や麦のような穀物はないいんですか」

「このとおり、小さな島だから。育てられる植物には限りがあるの」

ポム以外には、わずかな野菜だけを栽培し、それ以外の栄養は自生する木の実や果実、魚介類から摂っているのだという。

建物の中央でやせ細った老人が苦しそうにうなされている。こんなにも暑いのに、汗ひとつかいていない。もしかしたら、重篤な脱水症状ではないだろうか。

「水分は摂っているんですか」

「シュロの実を絞ったものを飲ませるようにしているけど、あまり飲んでくれなくて……」

「井戸はないんですか」

「あるけど、病人には井戸の水は飲ませないほうがいい、って言い伝えが。身体が弱った状態で井戸の水を飲むと、お腹を壊してしまうの」

「塩分は摂らせていますか？」

「エンブン……？　なに、それ」

　不思議そうな顔で、ミアは首をかしげる。

「塩ですよ、塩。言葉が通じていないのかな。ジーノ、こっちの世界では塩はなんていうんだ」

『塩は塩だ。この島の言葉だと――。ない、な。この島には、塩が存在しない』

「えっ、こんなに暑い島なのに!?」

　塩分と水分は、熱中症を予防するために、何よりも大切なものだ。

　どちらも不足しているとなると、かなり危険な状態だろう。

「塩、造れないかな。塩と砂糖、井戸水があれば、熱中症の改善に効果のある、経口補水液を作ることができるんだけど」

目の前にきれいな海があるから、海水はどれだけでも手に入る。塩の造り方を伝えることができたら、今後、この島で熱中症の被害に遭うひとを減らすことができるかもしれない。

「ジーノの魔法で、水を蒸発させることってできる？」

『できなくはないが、そんなことをしてどうする』

「この島に塩田を作るんだ。仕事で、以前、流下式塩田法の見学に行ったことがあってね」

『流下式塩田法……？』

「太陽の光と風を利用して、海水から塩を造る手法だよ。やぐらを組むから、乾燥させるのの手伝いをして欲しい。太陽光と風だけで乾燥させると、すごく時間がかかるんだ。魔法を使ってその工程を短縮したい」

長の治療のために必要なものを作りたい、と申し出ると、ミアは快く協力してくれた。

日当たりのよさそうな場所にやぐらを組み、竹枝の代わりに南国風の木の枝を使って流下式塩田を作る。

てっぺんから海水を流し、ジーノに魔法で蒸発させてもらった。

できあがった滷水を鍋で煮詰め、塩を取り出す。

煮沸（しゃふつ）した井戸の水に、塩とシュロの実の果汁を煮詰めて作った砂糖代わりの結晶を溶かし、即席の経口補水液を作って、長や体調を崩して寝込んでいる島民たちに飲ませた。

「ポムを見せてもらってもいいですか」

僕がそう頼むと、ミアはこの島の主食、ポムを見せてくれた。

ごつごつしていて、こぶし数個分の大きな芋。僕らの世界でいうところの、タロイモに似ているように見える。

「おそらく、すりおろす工程で粘りが出てしまうんだと思うんです。たとえばおろさずに、皮を剥いて加熱すると……」

皮を剥いてひと口大に切ったポムをバナナに似た植物の葉にくるんで蒸し焼きにする。するとじゃがいもを茹でたときのような、ほくほくの食感になった。

木べらで潰し、目の粗い布で濾してピュレ状にする。それを野菜の汁で伸ばし、造ったばかりの天然塩をぱらぱらと振り入れ、ポムのポタージュスープを作った。

「これなら食欲のないときでも、飲めると思うんです」

ふうふうして冷まし、長に飲んでもらう。

経口補水液が、少し効いてきたのかもしれない。長はスープをすべて飲み干してくれた。苦しそうだった呼吸も、いつのまにか落ち着いている。

この島にはエアコンも扇風機もない。

蓮のような大きな葉をうちわに見立てて僕が長に冷風を送ると、ルッカとソラが「やるー」といって、お手伝いしてくれた。

自分たちの背丈の倍ちかくある巨大な葉を抱え、しっぽをふりふり、いっしょうけんめいあおいでくれている。

二人の頑張りもあって、日が暮れるころには、長はだいぶ回復していた。

「このスープを作ってくれたのは……誰だ」

かすれた声で問われ、双子たちが元気いっぱい答える。

「ゆーと!」

「お口に合いませんでしたか」

「いや……逆だ。床に伏して以来、甘いものしか飲んでいなかったから。このスープは身体に染み入るようなおいしさだったよ。なんだか力が湧いてきた」

「それはよかったです。どんなに身体がつらくても、やはり主食となる栄養を摂らなくては、力が湧かないと思うんです。果汁からはビタミン等は得られますが、足りない栄養素も多いので」

初めて見る植物だし、ポムの詳しい成分はわからない。だけど、この島で長年主食にしているくらいだ。生命の維持に必要な、さまざまな栄養素が含まれているのだろう。

長以外の、床に伏していた老人や子どもたちも、経口補水液やポムのスープで回復傾向にあるようだ。

「スープに使用した調味料、『塩』には、熱中症など、暑さによる体調不良を予防、解消する効果があるんです。海水から塩を取り出すための塩田を作り、ミアさんに塩の造り方をお伝えしましたので、予防的に毎日適量を摂取することをお勧めいたします」

僕の言葉に、長は目を細める。

「貴殿は料理の腕前だけでなく、知識も豊富なのだな……。すばらしい。なにか礼をさせてくれないか。我が島の海域では、虹色珊瑚（さんご）という美しい珊瑚が獲れるのだ。家宝として我が家に代々伝わる極上の虹色珊瑚を、貴殿に献上したい」

「そんな貴重なもの、いただけませんっ……！」

「いや。貴殿は命の恩人だ。最上級の礼をさせていただきたい」

「僕らは旅をしている身。そのような貴重な品をいただいても、安全に運搬できないんです。もしなにかお礼をいただけるというのなら、この子たちが喜びそうな、おいしい果実をいただけませんか。あなたの体調が回復したのは、彼らがずっと、あおぎ続けてくれていたおかげでもあるんです」

巨大な葉を抱え、今もいっしょうけんめい長をあおいでくれているルッカとソラ。僕は彼らに視線を向け、そう告げた。

「果実もごちそうもいくらでも用意しよう。だが、それだけでは大した礼にはならん。なにかもっと――」

「もし、なんでもいただけるというのなら、ケートスのところまでたどり着けそうな、頑丈な船を貸していただけると助かります」

「ケートス⁉　なんだってケートスなんかに……」

　やさしかった長の顔が、険しいものに変わる。

「どうしても、ケートスのひげが必要なんです。この子たちの大切な身内の命がかかっているんです」

「しかし近年のケートスは、もはや災いをもたらす魔獣だ。神海獣と呼ばれていたころの威厳など、微塵も感じられない」

　苦々しい声で、長は呟いた。

「どうして、そんなふうになってしまったんでしょう。きっと、理由があると思うんです。その理由を解消すれば、元の穏やかな神海獣に戻るのではないでしょうか」

　暴れ狂っていた怪鳥にも、ひとを遠ざける理由があった。

　ケートスが狂暴化したのにも、なにか理由があるのではないだろうか。

「たとえ理由があったとしても、今では我ら海の民の言葉にさえ、耳を貸そうとしない。仲のよかったオルーのことも、近づけようとしないのだ。ケートスに会いに行くなんて、自殺しに行くようなものだ」

「それでも、諦めきれないんです。この子たちのために、僕はエテルノの弓の材料、ケートスのひげを手に入れたい。それに、このままではこの島のひとたちや大陸の港町のひとたちも、不漁に悩まされ続け、飢えることになりますよね」

「確かに、そうなのだが……」

「お願いします。船を、貸していただけませんか」

「我が島には、船はないのだ。海を渡るときは、いつもオルーの背中に乗るからな」

「じゃあ、オルーを貸していただけませんか」

「だめっ！」

長のそばでじっと話を聞いていたミアが、鋭い声で叫ぶ。

「私たちにとって、オルーはかけがえのない家族のような存在なの。危険な目に遭わせるわけにはいかないわ」

「ミア、この青年のいうとおり、永遠に沖に出ないわけにはいかない。このままリーフ内の魚を獲り尽くせば、島民全員が飢え死ぬことになるだろう。ケートスは我々人間よりもずっと長寿だ。もし問題を抱えているのなら、それを解消してやるのが、我ら海の民の役目かもしれん」

「でも……っ」

「私が行こう。危うく落としかけた命。この青年に恩を返したい」

「ダメよ、じいちゃん。そんな身体でケートスに会いに行くなんてありえない。私が行く。じいちゃんも、島の民もぜったいに危険な目に遭わせたりしない」

ぐっと身を乗り出し、ミアが宣言する。

「いや、女のお前を危険な場所に行かせるわけには……」

「性別なんて、関係ない。私は、将来この島の長になるつもりなの。島の民を護るのは、長の務めでしょう。じいちゃんの代理で、私が行くわ」

「しかし……」

よろめきながら立ち上がろうとする長を、僕は慌てて引き留める。

「ミアさんは、僕らが必ず守ってみせます。だから、どうかミアさんといっしょに行かせてください。ジーノ、彼女を守ってくれるよね？」

『当然だ。私たちだけで行く、といったって、訊かないのだろう。ならば、全員無事に帰ってこられるよう、私がお前たちを魔法でサポートする』

「魔法……。ずいぶんかわいらしい見た目だが、お前さんは魔法が使えるのかい」

うさぎのぬいぐるみ型のジーノを見やり、長が目を細める。

「つかえるー！」

「ジーノ、すごいまほうつかいー！」

ルッカとソラが誇らしげに右手をむいっと突き出した。

「信じよう。おいぼれの私に代わって、この子のことをよろしく頼む」

「無理よ、魔法使いだかなんだか知らないけど。オルーはよそ者には心を開かない。絶対に、あなたたちを背中に乗せたりしないわ」

　きっぱりした口調で、ミアが否定する。

「ひらくー！」

「ソラ、ルッカ、オルーとなかよし、するー！」

「あなたたちみたいなお子さま、連れて行くわけがないでしょ！」

「いくー！」

「無理よ！」

　眉を吊り上げたミアを、長がたしなめる。

「無理かどうかは、やってみなくてはわからん。まずはオルーに乗れるかどうか。試してみればいいだろう」

「でもっ……」

　瞳をキラキラさせてミアを見上げる双子から、ミアはたじろぐように視線をそらす。

「オルーに会わせていただけませんか」

『安心しろ。オルーのことも、私が守る』

　僕とジーノが告げると、ミアは不機嫌そうな顔のまま、僕らをオルーのいる岸まで連れて行ってくれた。

オレンジ色に染まる、夕暮れどきの浜辺。

波打ち際に立ったミアが、ピーっと鋭い口笛を吹く。

すると、沖合からすうっと三角形の背びれが近づいてきた。

「キアラ、サーラ、おいで」

ミアが名前を呼ぶと、オルーはざぶんと水しぶきを上げてジャンプする。かわいらしい目をしたイルカそっくりの生き物に、ルッカとソラが歓声を上げた。

「キアラ、サーラ、かわいいー！」

ミアの手のひらにキスしていたオルーが、ルッカとソラのほうを向く。

波打ち際に駆け寄った彼らに、オルーはすうっと近づいてきた。

短い手をめいっぱい伸ばしたルッカとソラに、オルーはちゅ、と口づける。

「なっ、どうしてよそ者のあなたたちに……！」

「キアラ、すきー」

「サーラ、なかよし、しよ！」

ぎゅっと双子が抱きしめると、オルーたちは「きゅー！」と愛らしい鳴き声を上げた。

『このようすだと、背中にも乗せてもらえそうだな』

双子とオルーのようすを眺め、ジーノが呟く。

「問題は、むしろ僕かもしれない。ルッカやソラは、誰とでも仲良くできる子だから」

緊張気味に、オルーに手を伸ばす。

するとと、僕のところにもゆっくりと近づいてきてくれた。

「すごい。オルーに懐かれるなんて！」

羨ましそうな顔で、ヴィーが手を伸ばす。けれども、彼のところには一頭のオルーも来なかった。

スキンシップをとり、オルーの背にまたがる。ルッカもソラも、無事に乗せてもらえた。

しょんぼりと肩を落としたヴィーの腕を、ミアが掴む。

「情けないわね。私のオルーに乗りなさい」

ミアは不機嫌そうな顔をしながらも、自分のまたがったオルーに、ヴィーを乗せた。

「悔しいけど、オルーはあなたたちのことが気に入ったみたい。夜の海は危険だから、明日の朝、ケートスのもとへ向かうわよ」

オルーから降りると、彼女はオルーの頭をひと撫でし、「明日、お願いね」と話しかける。「きゅー！」と啼いて、オルーたちは夕焼け色の沖へと帰っていった。

翌朝、僕らはケートスがよく姿を現すという海域に向かうことになった。

朝日を浴びて、キラキラと輝く水面。てとてと波打ち際に駆け寄り、双子たちは歓声を上げる。

「キアラー！」

「サーラー！」

ルッカとソラが名前を呼ぶと、昨日のオルーたちが、すうっと音もなく近づいてきた。

「きゅー」と愛らしい啼き声を上げるオルーの頭を撫で、双子はオルーの背によじ登る。

ミアが口笛を吹き、彼女のオルーと僕のオルーを呼び寄せてくれた。

「乗せてくれてありがとう」

お礼を言って、オルーにまたがる。ぴょこん、と僕の肩にジーノが飛び乗った。

ミアのオルーに、ヴィーもおそるおそるまたがる。

「行くわよ、みんな！」

ミアが命じると、四頭のオルーは「きゅー」と啼いて、きれいな隊列を組んだ。

ミアを乗せたオルー、ルキを先頭に、キアラとサーラがその後に続き、僕の乗ったアリィが最後尾に陣取る。

オルーの身体が、大きくうねる。想像していた以上に、彼らの泳ぎは早かった。

波に乗るようにして、ぐんぐん進んでゆく。振り落とされそうになって、僕は慌ててしがみついた。

ふり返ると、いつのまにか島がはるか遠くに見えた。

沖は波打ち際以上に水が澄んでいて、カラフルなサンゴ礁や魚の群れが、水中ではなく大気中に存在しているかのように、くっきりとクリアに見える。

水の存在がまったく感じられなくなるほど、透明度が高いのだ。

「おさかなさん、いっぱい！」

「きれいー！」

銀色に光る小魚の群れに、双子たちが歓声を上げる。

振り落とされないように必死な僕と違い、ルッカもソラもオルーの背に乗るのを楽しんでいるようだ。

波に合わせてオルーがジャンプしても、少しも怖がることなく、まるで遊園地のアトラクションにでも乗っているかのように、無邪気にはしゃいでいる。

「ルッカもソラも、肝が据わってるね」

思わず僕が呟くと、僕のシャツの胸元に潜り込んでいたジーノが、ぴょこっと顔を出した。

『当然だ。大陸最強の力を持つ、神獣王の息子だからな。我々凡人とは器が違う』

「ジーノだって王子さまだし、すごい魔法使いなんだろ」

『そうはいっても、神獣王と比べたら、凡人以外のなにものでもない』

「神獣王って、そんなにすごいのか……？」

『あの二人を見ていればわかるだろう。肝の据わり方だけじゃない。身体能力も、秘めた魔力も桁外れだ。あと十数年もすれば、大陸最強の神獣になるだろう』

ころんとしていて、愛くるしい姿のルッカとソラ。

成長後の彼らを想像しようとしたそのとき、とてつもない大波が襲ってきた。

「ルッカ、ソラ！」

二人の元に駆けつけたいのに。大波に煽られたオルーが暴れて、前に進むことができない。

『まずい、ケートスだ。ルッカ、ソラ。ミア、戻ってこい！』

僕のシャツから飛び出したジーノが、ルッカとソラに翡翠色の光の塊を投げつける。すると二人の身体がオルーごと光に包まれ、ぷかりと水上に浮かび上がった。

ジーノはミアのオルーにも、僕らのオルーにも同じ魔法を使う。

直後、目の前の水面が割れ、白い巨体がせりあがってきた。

視界すべてを覆い尽くすかのような、圧倒的な質量。純白のケートスが目の前に立ちはだかった。

前足を突き出し、ジーノが呪文を唱える。

荒れ狂う波に呑まれそうになったそのとき、オルーの身体がふわりと舞い上がった。

地響きのような咆哮が響き渡る。

ケートスは巨大な口をぱっくりと開き、僕らを丸呑みにしようとした。

「ジーノ、やばい、食べられちゃうよ……！」

ケートスが息を吸い込むと、とてつもない力で吸い寄せられる。

『問題ない。ケートスの吸気が届かない場所まで浮かび上がればよいのだ』

冷静な声で答えると、ジーノはさらに呪文を唱えた。

僕らを包み込む翡翠色の光が、強くなってゆく。

巨体をうねらせ、ケートスは僕らに食らいつこうとした。

迫りくる純白の巨体。ぎゅっと目を閉じると、呪文を唱えるジーノの声が、より大きく聞こえた。

僕らの身体が上空に舞い上がる。ケートスが、地響きのような唸り声を上げた。

「ケートスの魔力、めちゃくちゃ強いんだよね!?　ジーノの魔法、どうして打ち消されないんだ」

『ケートスの魔力の恐ろしさは、その結界力の強さだ。どんなに逃れようとしても、逃れることができない。だが、すべての魔法が打ち消されるわけじゃない。相殺（そうさい）されるのは主に、攻撃魔法と結界の外に出るための魔法。それ以外の魔法なら、無効化されない』

前回ケートスに遭遇したとき、ジーノはその可能性に気づいたのだという。

『ここでじっとしていろ。私が交渉する』

そう言い残し、ジーノは翡翠色の光の外に飛び出してゆく。

ケートスに吸い込まれてしまうのではないかとハラハラしながらも、僕にはジーノを見守ることしかできなかった。

『神海獣ケートス。おぬしに頼みがあって来た』

朗々とした声で、ジーノはケートスに告げる。

言葉が通じていないのか、聞こえていないのか、どちらなのかわからない。

ケートスはちっとも暴れるのをやめようとしなかった。

暴れ狂うその姿は、なんだか僕らを攻撃しようとしているというより、苦しみに悶えているかのように見える。

「ジーノ、もしかしたらケートスは手負いなんじゃないか。怪我や病気をしているかどうか、魔法で調べることはできないのか」

『できなくはないが、これだけの巨体だ。人間とは構造も違う。どこが悪いのか見当もつかない状態で、原因を探し当てるのは難しい。それにざっと見たところ、外傷はなさそうだ』

身体のほとんどが水のなかだけれど、ジーノにはケートスの全身を視ることができるようだ。じっとケートスを見下ろし、ジーノは短い前足を組む。

クジラが病気になりそうな場所。そんなの、どんなに考えても思いつきそうにない。

「ぁ！　もしかしたら……」

そういえば元の世界にいるとき、ニュースで目にしたことがある。

プラスチックやビニールなどの海洋ごみを誤飲し、消化できないものが胃に溜まりすぎて、死んでしまうクジラがいると。

ただ、プラスチックを誤飲してしまうのは歯のあるクジラ、ハクジラの習性だったはずだ。ヒゲクジラは、ひげがフィルターの役割を果たし、誤飲することがない。

「ジーノ、ひげがあるってことは、ケートスはヒゲクジラ類だよな。歯は生えてないんだろ」

『いや、ケートスはひげも歯も両方ある。プランクトンも魚も、どちらも食べるんだ』

「両方ある？　じゃあ、危険性はあるな。ジーノ、ケートスの胃のなかを見てくれ！　もしかしたら、消化しきれないごみが溜まっているかもしれない」

『わかった。見てみる。――な、なんだ、これはっ……!?』

ジーノの声が、驚きに歪む。

「ジーノ、なにが見える？」

『魔法防具、だな。大量の魔法防具や武器が見える――他にも、魔馬車や魔船。まるで、ゴミ捨て場だ』

「ケートスさんのおなか、ぱんぱん……？」

心配そうな声で、ルッカが呟く。

『ぱんぱん、なんてもんじゃない。今にもはちきれそうに、色んなものが詰まってる』

憐(あわ)れむような声で、ジーノは答えた。

「ジーノ、それ、外に出してあげること、できないかな。たぶん、このままじゃケートスは死んじゃうと思うんだ。僕の暮らしていた世界のクジラが、海洋ごみのせいで何頭もやられているんだよ」

『わかった。試してみよう。まずはケートスの身体の外に、ごみを取り出すぞ』

ジーノの言葉を、ケートスの咆哮がかき消す。

その声はやはり、威嚇しているというより、どこかが痛くて啼いているかのように感じられた。

ジーノが呪文を唱えると、船の残骸のようなものが、突如、目の前に姿を現す。

次に現れたのは、馬車と思しきもの。鎧や兜のようなものもある。

中空に浮かび上がったそれらは、あっというまに僕の視界を埋め尽くした。

『ケートス、結界を解いて我を受け入れよ。これらのごみを、お前の結界の外に出してやる。そうすれば、胃のなかに残っているものを、すべて摘出してやることができるぞ』

ジーノが告げると、くぉおお、と悲しげな声で、ケートスが吠える。

しばらくすると、急に目の前が明るくなった。

視界を埋め尽くしていたごみが、次々と消えてゆく。

さっきまで大暴れしていたケートスが、だんだんとおとなしくなっていった。

ぷかりと海に浮かび、されるがままになっている。

翡翠色の光が何度も明滅をくり返しているから、今もケートスの胃から、続々とごみが摘出されているのだろう。

「ジーノ、ケートスの胃のなかのごみを、いったいどこに飛ばしているんだ？」

僕の問いに、ジーノはなんでもないことのように『レスティア』と答えた。

「レスティアって、ルッカやソラの国だよな!?　そんなことして、大丈夫なのか」

『大陸一の大国だ。その分、ごみの排出量も多い。魔法で軽量、強化された魔馬車や魔船は、豊かな国でなくては所有できないものだ。我が国のごみではなさそうだし、おそらくはレスティアの出したごみだろう』

「魔法で軽量化されているから、水底に沈まずに水面を漂っていて、ケートスが誤飲しちゃったってこと？」

『そういうことだな。普通の船や馬車なら木製だから、たとえ誤飲しても、いつかは胃酸で消化されることになる。だが、魔法で強化されていると、どんなに年月が経過しても、胃のなかに残り続けるのだ』

魔法を解かない限り、自然に還ることのない道具たち。それらが海を漂い、ケートスの胃のなかに蓄積されてしまった。

今にもはちきれそうなほど、魔法ごみで埋め尽くされていたケートスの胃。きれいにごみを取り除かれ、少し楽になったのだと思う。

　ケートスはすっかり落ち着きを取り戻し、水面も静かになった。

「ケートスさん、いたいのなおった？」

　無邪気な声で、ルッカが問う。

『いや、まだ完全には治っていないだろう。これだけ胃を圧迫されていたんだ。胃の粘膜が著(いちじる)しく傷ついているはずだ』

　ジーノはルッカに答え、ケートスに向き直る。

『魔法ごみの問題は、私たち魔法使いの問題でもある。お前の胃痛をできるかぎり治し、二度と魔具がお前の身体に入らないよう、予防の魔法をかけてやる。その代わりといってはなんだが――お前のひげを、分けてくれないだろうか。ほんの少しでいいんだ』

　ジーノの言葉、通じるだろうか。

　固唾(かたず)を呑んでようすをうかがっていると、ケートスがかすれた声でいった。

「お前には、そんなことができるのか」

『ああ。お前が結界を張り、結界内の生き物を逃さないようにできるのと同じように、私はお前の口に結界を張り、魔法の力を帯びたものを、通さないようにすることができる。お前の胃のなかに溜まっていたのは、胃酸で消化できない、魔法を帯びたものばかり。――我々魔法使いのせいで、苦しい思いをさせて本当にすまなかった』

真摯な声で、ジーノが謝罪する。ケートスはつぶらな瞳で、ジーノを見つめた。

「私だけじゃない。他のクジラたちも困っているのだ。皆に同じことをしてくれないか」

『今すぐすべてのクジラに魔法をかけるのは難しいが、順番に、必ずこの海に暮らすすべてのクジラに同じ処置をすると誓おう。新しく子が生まれれば、その子にも同じ魔法をかける。魔法ごみに関しても、排出した国が責任をもって処理するよう、働きかけると誓うよ』

ジーノがそう答えると、ケートスは安心したように目を細めた。

「ジーノ、治癒の魔法は苦手なんじゃないのか。こんなに大きなケートスの身体を治癒したら、またぶっ倒れてしまうのでは……」

怪鳥の子どもを治癒したとき、ジーノは力を使いすぎて失神してしまった。ケートスの治療をしたら、同じように倒れてしまうのではないだろうか。

「ジーノ、しんぱい。ルッカ、ジーノのおてつだい、するー！」

「ソラも、おてつだい、するー！」

右手をむいっと突き出し、双子たちが宣言する。

『お手伝いって、どうやって。お前たちはまだ、魔法が使えないだろう』

「まほう、むずかしー。でも、ルッカもソラも、まりょく、いっぱい！」

「ソラとルッカのまりょく、ジーノにあげるのー」

いっしょうけんめい、二人は訴えた。

『魔力の共有か。不可能ではないだろうが——』

「難しいのか」

『いや。魔力の共有自体は、決して難しいものじゃない。ただ、提供する側にも技術が必要なんだ。幼いルッカとソラに、それができるかどうか』

「するー！」

元気いっぱい、二人は答える。ためらいながらも、ジーノはこくりと頷いた。

『わかった。じゃあ、やってみよう』

オルーや僕たちを包み込んでいた翡翠色の光が消え、オルーの身体がふわりと水面に下降する。

ジーノはルッカとソラのもとに向かい、右の前足をルッカと、左の前足をソラと繋いだ。

三人の身体が、翡翠色の光に包まれる。

『ルッカ、ソラ。私の唱える呪文を真似するんだ』

ジーノに告げられ、双子はこくっと頷く。

気合が入っているのだろうか。二人の耳としっぽが、ぴんっと空を仰いだ。

低い声で、ジーノが呪文の一節を唱える。

真剣な表情でじっと聞き入り、ルッカとソラは舌っ足らずな口調で、それを真似た。

次の一節をジーノが唱え、双子たちがそれに続く。

たどたどしいけれど、二人は、いっしょうけんめい呪文を唱え続けた。

ケートスの巨体が、翡翠色の光に包まれる。

その光がだんだんと強さを増し、まばゆい閃光を放った。

「くぉ――――っ！」

巨大な咆哮を上げ、ケートスが巨体をくねらせる。

小島のようにせりあがった背中から、勢いよく水が噴き出した。

『危ない……！』

空に向かって、ジーノが前足を突き出す。すると、僕らの頭上に透明なドームが出現した。

ケートスの発した大量の海水が、ドームの膜にざぁっと叩きつけられる。

すべてを吐き出し終えたそこに、きらめく虹がかかって見えた。

「わぁ、きれー！」

「きれー！」

大きな虹を見上げ、ルッカとソラが歓声を上げる。

僕やミアも言葉を失い、美しい虹にぽーっと見惚れた。

「けーとすさん、おおよろこび！」

「げんきいっぱい！」

僕には怒っているかのように見えたのに。双子は満面の笑みでケートスを見上げる。

二人のいうとおり、ケートスの目はとてもやさしい色をしていた。

「ケートスはね、歓喜したとき、飛び跳ねて海水を放出する習性があるといわれているの」

ミアが教えてくれた。

「ジーノ、こんなに大きなケートスを治癒したのに、意識を失わなかったんだね」

『ああ、ルッカとソラのおかげだ。もしかしたら、二人は治癒の魔法に長けているのかもしれない』

ぴょこんとジーノは僕の肩に飛び乗る。

得意な魔法や苦手な魔法は、ひとそれぞれ、生まれながらに違うのだそうだ。

ジーノが得意なのは『転移』で、苦手なのは『治癒』。

『神獣王は、攻撃魔法が得意なのだがな。治癒魔法をなによりも得意としていた、我が姉の遺伝かもしれぬな』

懐かしむような声で、ジーノが呟く。その声が、少し嬉しそうに感じられた。

「にじさん、きえちゃう」

消えゆく虹を見上げ、双子たちが寂しそうに呟く。

『いつでもまた見られる。この旅が無事に終わったら、クジラの治癒の旅に出なくてはならぬのでな。私ひとりでは無理だ。ルッカ、ソラ、いっしょに来てくれるだろう』

「いくー！」

「くじらさん、たすけるー！」

むいっと右手を突き出し、二人は宣言する。

『助けるたびに、美しい虹が見られるかもしれんな』

「やったー‼」

オルーの上でぴょこぴょこと飛び跳ね、二人は大はしゃぎする。

「ちょっと、オルーが怖がる。やめてよ！」

ミアに叱られ、それでも双子は跳ねるのをやめなかった。

「オルーに乗る者たちよ。我が胃を治してくれたことに感謝する。好きなだけ、ひげを持っていくがいい」

「いえ、ほんの少し。弓を一本作れるだけあれば大丈夫です。そうだよな、ジーノ」

『ああ、少しだけでいい。そのうち生えてくるとはいえ、大量に毟（むし）られては辛いだろう』

僕らの言葉に、ケートスは目を細める。

「おぬしら人間にとって、海の生き物は餌でしかないはずだ。獲物を気遣うなど、変わったやつよのう」

「命を分けてもらっているからこそ、大切にしたいの。偽善だと思われるかもしれない。

だけど私たちは、あなたたちと共存したい。むやみやたらに、傷つけるつもりはないの」

凛とした声で、ミアが告げる。

彼女の後ろで、ヴィーが「かっけぇ……」と呟いた。

「その言葉、信じておるぞ。忌ま忌ましいごみも、減ることを祈りたい。我らクジラが無事であっても、ごみのせいで海が汚れてはなんの意味もないのでな」

『わかっている。必ずや、海洋ごみを減らすと誓おう』

ケートスの背から、ざぁっと海水が噴出される。

「にじさん、おかわり！」

ふたたび現れた虹に、双子たちは飛び上がって大はしゃぎした。

「もう！　だから、オルーの上ではおとなしくしなさいっていってるでしょ！」

眉を吊り上げたミアをなだめるように、双子たちを乗せたオルーが「きゅうー！」と楽しそうに啼いた。

「嫌がってる感じはしなさそうだね」

「我にはオルーの言葉がわかる。彼らはこの獣の子たちが大好きだ、といっておるぞ」

ケートスにまでたしなめられ、ミアはふてくされたように肩をすくめてみせる。

「キアラ、じゃーんぷ！」

「サーラも、じゃーんぷ！」

双子たちにリクエストされ、二頭のオルーが大きく跳ねる。

美しく輝く虹の下。無邪気にはしゃぎつづける二人の姿を、ケートスはやさしい眼差しで見守り続けていてくれた。


ケートスのひげを持ち帰った僕らを見やり、長は心底驚いた顔をした。

「ケートスが荒れ狂う原因を探り、やつを鎮めるとは。やはり、貴殿は只者(ただもの)ではないな」

「あ、いえ。実際にケートスの傷を治したのは、僕ではなくジーノと双子たちですから……」

長は寝床から飛び起き、僕の手をがしっと掴む。

「豊かな知識と、困難に立ち向かう勇気を持つ貴殿に、ぜひこの島の長になっていただきたい。――我が孫、ミアを娶り、今後も島民を助けてはくれないだろうか」

「なっ、ちょ、ちょっと待ってよ。じいちゃん。なんで勝手にそんなっ……！」

ミアに咎められ、それでも長は僕の手を離そうとしない。

「ありがたいお言葉ですが――結婚というのは、それぞれが想いあってするものです。お孫さんの意思を無視して勝手に決めるのはよくないことですし、ミアさんは誰よりもこの島を想い、勇敢に行動しているひとです。婿をとるのではなく、彼女自身が長になるのが一番だと思います」

「だが、いくら勇敢でも、この子は女。やはり長は男が務めねば」

「なぜ、男でなくてはならない、と思うのですか」

「なぜって、それは――」

口ごもった長の手を、やんわりと退ける。

「男のほうが身体が大きく頑丈な者が多いので、狩りの腕前や戦での強さが何より重要だった時代には、長にふさわしい場合が多かったかもしれません。ですが、この世界は長く平和が続いているようですし、必要なのは身体の大きさや腕っぷしの強さじゃない。民を思いやり、守ろうとする気持ちです。ミアさんは身体は小さくとも、民を思う気持ちの大きさは、そんじょそこらの男には負けません」

ミアの瞳から、ほろりと大粒の涙が溢れる。長は孫娘を見つめ、小さくため息を吐いた。

「ただでさえ男勝りで、島の男どもは腰が引けているというのに。女だてらに島の長になれば、誰も嫁の貰い手がつかんくなってしまう」

「そんなことないですよっ。ミアさん、めちゃくちゃきれいだし、かっこいいし。俺を含め、お付き合いしたいって思ってる男は、山のようにいると思います！」

そう叫んだヴィーに、長は肩をすくめてみせる。

「気を使わんでいい。こんなおてんばといっしょになりたいなんて男は、世界中探したって、ひとりたりとも存在しない」

「気なんか使ってません。俺は本気で……！」

ヴィーの主張に、ミアの頬が赤く染まってゆく。

そのとき、ぎゅるるるー、と大きな腹の音が鳴り響いた。

「ルッカ、ソラ、お腹が空いたの？」

「はらぺこー！」

「ぺこー！」

ぴょこんと飛び跳ねた双子たちを見やり、ミアがおかしそうに吹き出す。

「あなたたち、大活躍だったものね。いいわ、ごちそうを用意しましょう。ケートスの怒りを鎮め、皆の病を治してくれたあなたたちを、ベーネの民全員で歓迎するわ！」

「ごちそう、やった！」

「僕もお手伝いしますよ。島の料理がどんなものなのか、興味がありますし」

「ルッカもー」

「ソラもおてつだいー」

手伝いを申し出た僕に続き、双子たちも両手を挙げて、ぴょんぴょんと跳ねた。

穏やかになった海。ミアは島の男たちとともに、外洋に出て宴のための魚を獲ってきてくれた。

「この島の最上級のごちそうは、バルバコア。ラカタンの葉に魚や海老をくるんで、砂に埋めて蒸し焼きにするの」

ラカタンは、バナナそっくりの実をつける植物だった。大きな葉で、魚や海老をすっぽりくるむことができる。

「下味はつけないんですか」

「カレンの実とか、すっぱい果物を絞って果汁をかけるのが一般的ね。シュロで造った酒をかけるひともいる」

「塩もちょっと振るとおいしいと思いますよ。試してみませんか」

ベーネの近海で獲れる魚は、どれもカラフルなものばかりだ。巨大な虹色の魚や、黄色くて青い縞のある魚。見たことのない魚ばかりで、味の想像がつかない。

そちらの料理はミアに任せ、僕は主食のポムを活用した料理を考えることにした。

この島では主にすりおろしてペースト状にして食べるというポム。どろっとした食感と強い粘り気にクセがあって、味見をしたルッカとソラは涙目になってべーっと舌を出していた。

「粘りけさえなくせば、味はおいしいと思うんだけどな」

僕はポムを細切りにして、シュロの実から抽出したシュロ油で揚げてみた。

カリッと素揚げしたポム。半分は塩を振り、半分はシュロの果汁を煮詰めて結晶化させた甘い粉で味つけする。

「ルッカ、ソラ、味見してごらん」

ほかほかと湯気をたてるスティック型のポム。ルッカは塩味に、ソラは甘いほうにはむっとかぶりついた。

「ほあ、ほっくほく！」

「あちあち、うま！」

ぴんっと耳を立て、二人は目を見開く。僕も塩味のほうを食べてみた。

「うん。ほくほくしていて、おいしいね！」

ポテトフライ風に揚げたポムは、想像以上においしかった。ポムはじゃがいもよりも、さらにほくほくしていて、ほんのり甘みがある。

あまじょっぱい塩味も、おやつのように甘いシュロ味も、どちらも至福の味わいだ。

『どれ、私もいただいてみよう』

迷わずシュロ味を選んだジーノは、ひとくちかじって、ぴょーんと空高く舞い上がった。

『なんといううまさ……！　シュロの実の南国風の甘さが、ほくほくのポムにぴったりだ！』

ふだんのクールさが、完全に吹っ飛んでいる。ジーノがあまりにも大げさに褒め称えるから、島じゅうのひとたちが集まってきた。

子どもから大人まで、揚げたそばから次々と島民の腹に消えてゆく。

「これはうまい！」

「ポムにこんな食べ方があったなんて」

「揚げ物はカロリーが高いので、毎日食べるのはお勧めできないのですが、特別な宴のときに食べるには、よいごちそうだと思いますよ」

カロリーなんて単語、通じるかどうかわからないけれど、他に置き換える言葉が思いつかない。

島野菜のスープや、シュロの油で炒めた野菜と海老の炒め物、魚の炙り焼きなどを作ってゆく。

物珍しいのか、どれも島のひとたちに絶賛してもらうことができた。

「ゆーとのごはん、おいしい！」

「だいすきー！」

島民以上に大喜びしているのは、ルッカとソラだ。

ぷりっぷりの新鮮な海老をシュロの油で炒めた料理が、特にお気に入りらしい。

「この後、まだメインディッシュがくるよ」

ラカタンの葉に包まれたバルバコアを、ミアや島の男たちが運んでくる。

包みを開くと、ふわりとおいしい匂いが広場を満たした。

ほかほかと湯気をたてる、魚介の蒸し焼きバルバコア。極彩色の魚に少し怯んだけれど、実際に食べてみると、どの魚も上品な白身で、とても滋味深い味わいだった。

「砂で蒸し焼きにするから、身がふわっふわになるんですね！」

「ぎゅっとうまみが濃縮されるから、焼くだけで極上のごちそうになるの」

ほんのり香る、ラカタンの葉の爽やかな香りもアクセントになっている。

「ほぁ、おいし！」

「うまー！」

ルッカとソラも大満足のようだ。

いつのまにか、あたりが薄闇に包まれている。

生い茂る南国の木々に囲まれ、たいまつの炎がやさしく揺れる島の広場。

そこかしこから上がる歓声が、料理をよりおいしくしてくれた。

シュロで造った酒を飲み、陽気に歌い、踊る島民たち。

「ありがとう。あなたのおかげで、これからは安心して漁に出られるわ」

ミアに感謝を告げられ、僕は「この子たちのおかげだよ」とルッカとソラに視線を向ける。

「この島のひとたちは、あまり島の外のひととは交流がないようだけれど。今後、もしルッカとソラに会うことがあったら、彼らの助けになって欲しい」

「当然よ。ベーネの島民にとって、あなたたちは救世主なんだから。絶対に力になると誓うわ」

「ありがとう。次期ベーネの長にそういってもらえると、心強いよ」

僕の言葉に、ミアは照れくさそうに頬を染める。

「――本当に、なれるかな。女の私に」

「なれるよ。僕の世界では、女性が王さまの国も、普通にあるからね」

「本当に⁉ 信じられない！」

とミアが目を丸くする。

「本当だよ。民を思う気持ちがあれば、きっと性別は関係ない。前例がないと、大変なこともあるかもしれないけど、頑張ってね」

「うん、がんばるっ」

こくん、と頷いたミアを、輪になって踊る島民たちが大きな声で呼ぶ。

「本当に、ありがとう」と言い残し、ミアは彼らの輪に入っていった。

賑やかな音楽と、楽しそうな歌声。

島民に囲まれて笑顔で踊るミアの姿を眺め、満腹になったルッカとソラも、とても楽しそうだ。

いつのまにか子狼の姿になった二人は、ゆっさゆっさと身体を揺すりながら、僕の膝の上で眠ってしまった。

第八章　天空都市セルセへ

翌朝、僕らはエテルノの弓矢の矢じりを手に入れるため、天空都市セルセに向かうことになった。

昨夜の宴ですっかりベーネの民と意気投合したヴィーは、スオーノには帰らず、この島で漁師として暮らすことを決意したようだ。

ヴィーやベーネの民に別れを告げ、ひと目につかない島の外れに向かう。

『セルセに行く前に、レントに寄って、弓職人にひげを届けるぞ』

相変わらず、ジーノは愛くるしいうさぎの外見と不似合いな、尊大極まりない口調だ。

ちょこんと僕の肩に乗ったジーノが呪文を詠唱すると、あっというまにレントの街まで移動することができた。

ルッカとソラが左右からぎゅーっとしがみついてくる。

弓職人に弓とひげを託し、街を後にする。

レントの城門を出て橋を渡ると、先刻まで晴れていた空が、突然、灰色の雲に覆い尽くされた。

大粒の雨がバラバラと叩きつけてくる。ずり落ちたルッカとソラのマントのフードを、被せなおしてあげた。

「ルッカ、ソラ、大丈夫？」

「だいじょぶー！」

元気いっぱい、双子たちは答える。だけど、目を開けているのが大変なほど、激しい雨だ。

「ジーノ、いったんレントの街に引き返そう！」

ポケットのジーノに話しかけたそのとき、雷鳴が轟き、閃光が炸裂した。

とっさに双子を抱き寄せ、覆い被さるようにして地面に伏せる。

『危ない！』

耳をつんざくような轟音が響き渡る。地面がうねるように揺れて、身体が宙に浮かび上がった。

おそるおそる目を開くと、僕らの身体は翡翠色の光に包まれていた。

シャボン玉みたいな球形の光に守られ、僕もルッカもソラも中空に浮いている。

「じめん、たいへん……」

ソラの呟きにつられるように眼下に目をやると、地面に巨大な亀裂が入っていた。

ぎゅっと、二人を抱きしめる腕に力をこめる。

雷鳴がふたたび轟く。土煙が爆風で吹き飛び、禍々しい山吹色の竜が姿を現した。

『雷竜だ！　どうしてこんなところに……っ』

勢いよく、ジーノが光の玉から飛び出してゆく。

額の前に前足を突き出し、彼は呪文を唱えた。すると、竜の身体が翡翠色の光に包まれ、とてつもない咆哮が響き渡る。

雷鳴が轟き、閃光（せんこう）が走った直後、火の玉が大量に降ってきた。

『火竜まで……！　いったい、どうなってるんだっ』

突如現れた真紅の竜が吐き出す赤々と燃え盛る火の玉が、次々とジーノに襲い掛かる。

前足を突き出し、彼はふたたび呪文を詠唱した。四方八方に火の玉を吐き散らす竜の身体が、翡翠色の光に包まれる。

ジーノはさらに詠唱を続け、雷竜と火竜、二頭をまとめて光の檻に閉じ込めた。

光の檻の上にふわりと舞い降り、ジーノは前足で檻になにかを描く。

まばゆい閃光が炸裂し、二頭の竜が跡形もなく消え去った。

その瞬間、またもや火の玉がジーノを襲う。

「ジーノ……!!」

土埃と煙の立ちこめる平原。

背の高い草の狭間から、火矢を構えた兵士たちが姿を現す。

力を使い果たして弱っているジーノめがけて、無数の火矢が放たれた。

ごおっとものすごい音がして、草むらに落ちた火矢が周囲の草を燃やす。

ばちばちっと火の粉が飛んで、あたり一面、火の海になった。

大きな盾で身を護りながら、兵士たちはさらに矢を放つ。

そのうちの一本が、ジーノの身体を直撃した。

「ジーノっ！」

双子の悲痛な叫びが響き渡る。

光の膜に思いきり体当たりして、二人はジーノの結界を破ろうとした。けれども、どんなに体当たりしても、結界は破れることがない。

メラメラと燃え盛る炎。ジーノの身体はあっというまに炎に包まれ、地面に落下した。

「いったいどうしたら――！」

双子たちに続き、僕も光の膜に体当たりした。

けれども、術をかけたジーノが燃えてもなお、結界は少しも壊れる気配がない。

「我が国の領土で、なにをしている！」

背後から、けたたましい馬のいななきと、激しい怒声が響いた。

「バルド団長……！　助けてください。ジーノが、ジーノが……！」

僕の指さす先、火だるまになったうさぎのぬいぐるみを視界にとらえ、バルドは巧みに馬を繰る。素早く拾い上げると、彼は鎧に覆われた甲で叩いて鎮火した。

「行け！」

バルドに命じられた騎士団員が、火矢を構えた兵士たちにいっせいに突撃してゆく。

団員の馬には、それぞれ水桶が括られている。赤々と燃える炎が次々と鎮火された。

けれども、水の量は有限だ。すべての火を消し去ることはできない。新しく燃え広がった火が、団員たちに襲い掛かって来た。

「危ない！　逃げてください！」

空中にいる僕らの目には、一気に広がる火の動向が手にとるようにわかる。

声の限りに叫んだけれど、騎士団員たちは怯むことがない。

鎮火のための水は残っていないのに。自らのマントをはぎ取り、燃え盛る草に叩きつけるようにして火を消してゆく。

「愚かな人間どもが。我らの森を荒らすではない……！」

そのとき、咆哮のような怒声が響いた。

「ペザンテ！」

双子が歓声を上げる。声のするほうをふり返ると、青白い光に包まれた巨大な白狐の姿があった。

ペザンテが前足を突き出すと、そこから怒涛のように水が溢れ出す。

燃え続ける草が水に飲まれ、しゅうっと音をたてて鎮火した。

「貴様ら、見ない顔だな。――レスティアの兵士か」

ペザンテが呪文を唱えると、兵士たちが光の檻に閉じ込められる。

「勝手に我が縄張りに入り込んで草木を燃やすとは、なんたる蛮行。お前たちの荒らしたこの土地が完全に元に戻るまで、どれだけの歳月がかかると思っておるのだ」

ペザンテに睨みつけられ、檻のなかの兵士たちは、恐怖に身を震わせる。

「ひとり残らず食い散らかしてやりたいところだが、かわいい子狼の前なのでな。手足を折るだけで、勘弁してやろう」

生々しい音が響き渡る。僕はルッカとソラを抱き寄せ、彼らの耳や目をふさいだ。

「さて。子狼とその保護者よ。いったい、なにがあった」

ペザンテが顎をしゃくると、僕らを包む光の玉がすうっと地面に落下してゆく。ペザンテの目の前まで下降すると、光の膜はパンっとシャボン玉のように弾けて消えた。

衝撃に身構えた僕らの身体を、ペザンテのもふもふのしっぽが包み込む。

「なにがあったのか、実は僕らにもわからないんです。雷を起こす竜と、火を吐く竜が、いきなり襲って来て……。ジーノはその竜をどこかに消し去った直後、兵士の放った火矢で燃やされてしまったんです」

かすれた声で告げた僕のもとに、バルドがうさぎのぬいぐるみを持ってきてくれた。

右半身は焼け焦げて真っ黒で、左半身も今にもくずおれそうなほど、ボロボロだ。

愛らしかったうさぎの顔は、跡形もなく消失している。

「どんなに話しかけても、なんの反応もしやしねぇ。——本体は無事だといいんだが……」

バルドの声が怒りに震えている。

「雷竜に火竜。どちらも、この界隈の生き物じゃねぇ。あのクソ女が、無理やりここに連れて来たってことだろ」

「クソ女……？」

首をかしげた僕に、ペザンテがため息交じりに教えてくれた。

「レスティアの新妃、ベアトリーチェの仕業（しわざ）だろうな。あの女の得意な魔法は『魅了』。人間も魔物も、どんな相手でも魅了し、自ら（みずか）のしもべとして操ると聞いたことがある」

「なぜ、僕らがここにいるってわかったのでしょう」

「おそらく、レントだけでなく主要な都市にそれぞれ、軍隊や魔物を配備しているのだろう。あれだけの大国だ。その程度の派兵は造作もないだろうからな」

「どうしてそんな……」

「本気でこの子たちを害そうとしているのだろう。魔物たちのあいだでも話題になっておるぞ。『レスティアの双子の王子を殺し、亡骸（なきがら）を献上した者には褒美が授けられる』とな」

「そんな……レントに届いた文には、『保護した者には褒美を』って書いてあるって……」

「人間にはそれでいいだろうが、魔物には保護なんて概念はないからな」

警戒し、ぎゅっと双子を抱きしめた僕を、ペザンテは不快そうに睨みつける。

「我を、褒美のために幼子を殺す、下等な魔物といっしょにするつもりか」

「あ、いえ、疑ったわけでは……」

「ペザンテ、いいまじゅうー」

「ペザンテ、やさしいのー」

双子たちに口々にいわれ、ペザンテはくすぐったそうに目を細めた。

「ペザンテ、ジーノ、もとにもどせる……？」

今にも泣き出しそうな顔で、ソラがペザンテを見上げる。

「一度壊れた『依り代』は、簡単には元に戻せぬ。たとえ形が元通りになったとしても、もう一度、ジーノ自身が己の気をこめない限り、このうさぎが動くことはないだろう」

ルッカとソラの瞳から、ほろりと大粒の涙が零れた。

「だが、あやつの核は無事のようだ。おそらく、本体も無事だろう」

「核……？」

「ああ、そのぬいぐるみを貸してみろ」

黒焦げのぬいぐるみを受け取ると、ペザンテは器用に鼻先で綿をかきわける。すると、焦げた綿のなかから、翡翠色に輝く、美しい宝石が姿を現した。

「我ら魔法を使う者は皆、魔力の核を持っておる。この翡翠色の宝石が、ジーノの魔力の核だ。命が尽きるとき、核も光を失う。核がこんなにも強く光を放っているということは、あの男はまだ生きている、ということだ」

「ジーノ、ぶじ⁉」

「いきてる⁉」

涙で濡れた頬を拭いながら、双子たちはペザンテを見上げる。

「ああ、生きておる。この核を大切に守り、やつの元に届けてやれ」

ペザンテは僕の手のひらに、ジーノの核を載せる。

小さな宝石なのに。それはずしりと重たかった。

「だけどエテルノの弓矢がないと、ジーノを助け出すことができないんです。弓と弦は手に入れましたが、矢じりはまだで……。矢じりを作れるひとが、ジーノなしでは行けない場所、天空都市セルセにいるんですよ」

「天空都市か。確かに転移や飛行の魔法が使えなくては、たどり着けないだろうな」

「なんとかして、行く方法はないんですか」

僕の問いに、ペザンテは困ったように目を細めた。

「おっきなとりさん、びゅーん！」

ぴょこんと飛び上がり、ルッカが叫ぶ。

「とりさん、おそらとべるね！」

ソラも、嬉しそうに瞳を輝かせる。

「大きな鳥さんって……アッサイ山の怪鳥のことか」

ペザンテに問われ、双子たちは元気いっぱい頷いた。

「アッサイのとりさん、いいとりさん！」

「まさかお前たち、怪鳥の背中に乗って、天空都市に行くつもりか……？」

呆れた声で、バルドが問う。

「とりさん、びゅーん！」

「びゅーん！」

ばたばたと羽ばたく仕草をして、二人はペザンテのまわりを飛び跳ねた。

「無理だよ。ジーノがいないと、彼女とは会話できないんだ」

ジーノは怪鳥の言葉がわかるようだったけれど、僕にはわからない。

「他によい方法が思いつかぬな――仕方がない。乗りかかった船だ。私が交渉しよう」

僕と双子を器用にしっぽで巻き取ると、ペザンテは自分の背に、ひょいと乗せる。

「お前たちだけじゃ心配だ。俺たち騎士団も護衛につこう」

愛馬に飛び乗ったバルドに、ペザンテは「ふん」と鼻を鳴らす。

「お前たち人間ごときに、なにができる」

「人間ごとき、だからこそ、人間のずる賢さをよく理解している。万が一、レスティアの兵が道中に潜んでいたとき、お前さんひとりで双子と悠斗を護るのは骨が折れるだろう」

「――勝手にしろ」

僕や双子にはやさしいのに。ペザンテはバルドに対しては、あまりやさしくない。

くるっときびすをかえし、騎士団が隊列を整える前に、さっさと歩き始めてしまった。


ペザンテの背に乗り、騎士団を率いて山頂を訪れた僕らに、怪鳥はとても警戒しているようすだった。

ペザンテの背から飛び降り、ルッカとソラが駆け出す。

「あ、こら、ダメだよ、ルッカ、ソラ！」

彼らを追い、僕もペザンテから飛び降りる。

「とりさん、すきー！」

「すきー！」

両手を広げて飛びかかってきたルッカとソラを、怪鳥は左右の翼で抱きとめた。

ぶんぶんとしっぽを振る双子の姿に、害意はないと感じたのかもしれない。怪鳥はやさしい瞳で二人を見下ろした。

ペザンテがなにかを告げると、怪鳥はキエェェエと啼き声を上げる。

ペザンテの言葉は、怪鳥に通じているようだ。しばらくすると、くちばしでつまみ上げるようにして、怪鳥は双子たちを自分の背に乗せた。

「ゆーとも！」

双子にかわいらしくおねだりされ、怪鳥は僕をつまみ上げる。

「わぁっ……！」

ふわりと身体が宙に浮き、怪鳥の背に放り投げられた。

「途中で振り落とされぬよう、魔法をかけてやろう」

ペザンテが呪文を唱えると、僕らの身体が青い光に包み込まれる。

「帰りも、この光の玉に入れば安全だ」

ペザンテはそういって、僕らを見送ってくれた。

ばさりと大きく羽ばたき、怪鳥は空に舞い上がる。

「とりさん、びゅーん！」

「とりさん、はやいー！」

みるみるうちに、眼下の景色が遠のいてゆく。

騎士団員の姿も、怪鳥の代わりにヒナの面倒を見るペザンテの姿も、米粒みたいに小さくなってしまった。

不安でたまらない僕と違い、ルッカとソラは空の旅を満喫しているようだ。

しっぽをふりふり、「わふー！」「くおーん！」と愛らしい遠吠えを響かせる。

アッサイ山がとても小さく見える。裾野に広がるラルゴの森もレントの街も、あっというまに見えなくなった。

はるか遠い地上を見下ろすと、ぎゅうっと胃が引き絞られるような恐怖がこみ上げてくる。

「ゆーと、だいじょぶ？」

そんな僕に気づき、ルッカとソラがやさしく僕の背中をさすってくれた。

しばらく飛び続けると、前方に白く巨大な雲の塊が見えてきた。

空は青く晴れ渡っているのに。そこだけ分厚い雲が視界を覆い尽くしている。

「危ない、このままじゃぶつかる！」

雲のなかに突進したら、どうなるのだろう。

視界を失って、怪鳥はまともに飛べなくなってしまうのではないだろうか。

「どうしよう、怪鳥には言葉が通じないんだよな……」

不安になった僕に、双子たちはにっこりと笑顔を向けた。

「だいじょぶ。とりさん、わかってる」

「わかってるって、なにを!?」

怪鳥は、少しも雲をよけようとしない。それどころか速度を上げて、雲に突入しようとしている。

「止まって！　お願いだから、止まってくれ……！」

どんなに叫んでも、怪鳥は止まらなかった。

ぎゅっと目を閉じ、双子たちを抱き寄せる。怪鳥の巨体は音もなく、すうっと雲の塊に包み込まれた。

視界が遮られ、あたり一面、純白の世界になる。

「ほぁー、まっしろ、きれい！」

焦る僕とは対照的に、双子は無邪気に歓声を上げた。

白い雲のなかを、まっすぐ飛び続ける怪鳥。いったいどこに向かうつもりなのだろう。

そもそも、この怪鳥は天空都市セルセの場所を、本当に知っているのだろうか。

濃密な白い雲の世界。永遠に続くかと思えたその白が、急に薄くなってきた。

雲の向こう側、うっすらと城壁のようなものが見える。

「あれは⁉」

「ようせいさんのおしろー！」

「とりさん、すごいー！　ちゃんと、ついたー！」

「ようせいさん⁉」

歓声を上げる双子たちにつられるように、彼らの視線をたどる。

じーっと目を凝らすと、ちかちかと点滅する光のようなものが見えた。

「あの光が、妖精さん……？」

「そうー。ようせいさんのはね、きらきらひかるのー」

「ようせいさん、きれいー！」

怪鳥が、ぐんと高度を下げる。みるみるうちに地面が近づいてきた。

鮮やかな緑の生い茂る、美しく豊かな森。森のなかに大きな池があり、池のほとりに白亜の城がそびえたっている。

怪鳥はその城の前に、すうっと舞い降りた。

上空からは大きく見えた城だけれど、間近で見ると、そんなに大きくなかった。

三メートルくらいだろうか。小ぶりな城のバルコニーに、そろいの制服を着た衛兵に護られた、白髪で長いあごひげを蓄えた老人が立っている。

ピンととがった耳の生えた、三十センチくらいの小さな生き物。色白で手足が長く、ほっそりした身体。背中にはキラキラ光る鱗粉（りんぷん）をまとった、透明な羽が生えている。

「我が結界をくぐりぬけるとは、いったいどれだけ強力な魔法使いかと思い、ようすを見に来てみれば……まさか、幼い子どもとはのう」

ルッカとソラを見下ろし、白髪の老人は「ふむ」とあごひげを撫でる。

「おぬしら、神獣王の子か」

老人に問われ、双子は心配そうな顔で僕をふり返った。

ジーノから、むやみに身分を明かしてはならない、といわれているのを思い出したのだろう。

「あなたが、天空都市セルセの妖精王、コルダでしょうか」

僕の問いに、老人は神妙な顔つきで頷いた。

「左様。おぬしは、この子らの付き人か」

「はい。付き人のようなものです。エテルノの弓矢の矢じりを作っていただきたくて、ここまで来ました」

コルダはぎゅっと眉根を寄せ、僕たちを見下ろす。

「エテルノの弓矢、だと？　そんなものを作って、どうするつもりだ」

僕が答える前に、ぴょこん、とルッカとソラが飛び出した。

「ジーノ、たすけるの！」

「やじり、ひつよう！」

老人は目を細め、値踏みするような眼差しで僕らをじっと見つめる。

「ヴェスタの王子、ジーノか。あの男になにがあった」

「えっとねー……」

口を開きかけた双子たちを、僕は抱き寄せる。正直に明かして、大丈夫だろうか。

老人は、じろりと僕を一瞥すると、静かな声でいった。

「おぬし、ジーノの核を持っておるな」

「核？　なんのことですか」

平静を装い、とぼけようとした僕を、老人は呆れた顔で見下ろす。

「我をなんだと思っておる。悠久の時を生きる妖精の王じゃぞ。たいていのことはお見通しじゃ。ほれ、見せてみろ」

コルダが杖を突き出すと、懐に大切にしまっていたはずのジーノの核が、ふわりと浮かび上がった。

「わ、ダメですっ……！」

慌てて手を伸ばしたけれど、核はひゅんっとコルダのもとに飛んでゆく。

「ほう。核に魔文が添えられておるな。まだ開封しておらんのか」

翡翠色の核をしげしげと見つめ、コルダは呟いた。

「まぶみ……？」

「ああ、核の持ち主に万が一のことがあったとき、核を手にした者に向けて宛てた、『遺書』のようなものだ」

「遺書……。ジーノは無事なんですよね⁉」

思わず叫んだ僕に、コルダは痛ましげな眼差しを向けてくる。

「魔核というのは、魔法を使う者にとって命と同等のもの。魔核が他者の手に渡るのは、死も同然だ。たとえばワシが、この核を粉々に砕いたとする。そうすれば、ジーノは二度と魔法を使えんくなる。魔法使いとしての『死』だ。たとえ肉体が生きていようとも、それは、『死んだ』のと同じなのだ」

ルッカとソラが、僕の腕を抜け出して駆け出す。

城に飛びついてよじ登ろうとして、妖精の衛兵が放った魔法に弾き飛ばされた。

「ルッカ、ソラ！」

慌てて駆け寄り、彼らを抱き上げる。

「早まるでない。たとえ話だ。この核を砕いたとて、ワシにはなんの益もない。そんなことより、ジーノの残した魔文を見んでよいのか」

「がるるっ！」

「わふーっ！」

勇ましく唸り声を上げ、ルッカとソラは、ふたたび城に突進しようとする。

「ルッカ、ソラ、待って。まずはジーノの魔文を見てみようよ」

ジーノの遺書。その言葉の持つ重みが辛すぎて、たまらなく胸が苦しい。

だけど、もしかしたらこの文を見れば、なにかわかるかもしれない。

「では、封印を解くぞ」

コルダはふわりと核を宙に浮かせる。彼が呪文を唱えると、核が翡翠色に光り、そこから青年の姿が浮かび上がってきた。

きらめく銀色の髪に、翡翠色の瞳。白く透き通った肌に、整いすぎていて冷たい感じのする、人間離れしたずば抜けた美貌。

二十代前半くらいだろうか。凜とした気品を漂わせる、華やかな容姿の男性だ。

「ジーノ！」

「ジーノっ！」

双子たちが幻影に駆け寄ろうとする。

「あのひとが……ジーノ？」

愛くるしいうさぎのぬいぐるみ姿とは、かけ離れすぎている。

どんなに頑張っても、あのうさぎのジーノと、核から現れた美しい青年を、同じ人物と認識することができそうになかった。

『この魔文が開封されたということは、私の分身になにかあったということだな。ルッカとソラは、無事だろうか』

「ぶじー！」

ぴょこんと飛び跳ね、双子たちが答える。

『悠斗。危険なことに巻き込んでしまい、本当にすまなかった。私の魔力をもってしても守りきれなかった。向こうのほうが、数段うわてだったということだな』

噛みしめるような口調でいうと、青年は、形のよい眉を悲痛にゆがめた。

『これ以上は危険だ。ルッカとソラを連れて、元の世界に戻って欲しい』

「やーっ！」

「ジーノ、たすけるっ！」

ルッカとソラは、ふたたび城によじ登ろうとする。

妖精王は手にしていた杖をひょい、と振り、双子をシャボン玉のような、純白に輝く光の玉のなかに閉じ込めた。

『この魔文には、優れた魔力を持ち、善良で清らかな心の持ち主にしか解除することのできない、封印の魔法がかけてある。解除できているということは、今、目の前にいるそのひとは、信用に値する尊い人物だ、ということだ』

ジーノの言葉を聞き、コルダは照れくさそうな顔で、あごひげを撫でた。

『文の封印を解除したひとよ。ルッカとソラ、悠斗を、悠斗のいた世界に送ってくれないだろうか。この核を使えば、たとえ私の亡き後でも、異なる世界への転移が可能なはずだ。どうか、彼らを救って欲しい』

ジーノの翡翠色の瞳が、やさしく細められる。そこにはいないルッカとソラを見つめているのだということが伝わってきた。

『ルッカ、ソラ。悠斗のいうことを聞いて、向こうの世界でも頑張るんだよ。十年後、もし私の実体が無事であったのなら、なんとしてでも、きみたちを呼び戻す。だからそれまでのあいだ、二人で協力して、向こうの世界で暮らしていて欲しい』

「やー！」

「ルッカ、ぜったい、いかない。ジーノ、たすけるの！」

がるっと呻き、双子は光の膜に突進する。

なんとかして、ジーノの元に行こうとしているようだ。

「ルッカ、ソラ、無駄だよ。あれは幻影だ。本物のジーノじゃない」

僕の言葉に耳を貸すことなく、二人は突進し続ける。

どんなに突進しても、膜はびくともしなかった。

「ジーノ王子は、今、どこにおるのだ」

コルダに問われ、双子たちは唸り声で答える。

わふー、わおー、と騒ぎ続ける二人に代わって、僕が答えた。

「レスティアの海中牢獄です。ジーノのお姉さん、前王妃の結界が張られた厳重な牢に閉じ込められているんです。その結界を破るために、どうしてもエテルノの弓矢が必要なんです」

「なぜ、レスティアの牢に……。レスティアとヴェスタは固い絆で結ばれた友好国だろう」

「それは……。ジーノは、ベアトリーチェ王妃がルッカとソラを殺めようとしているところを、目撃してしまったんです」

「なんじゃと……!?」

「なんとか双子を助け出したのですが、口封じのため、牢に閉じ込められてしまったんですよ」

神妙な顔つきで、コルダは「むぅ」と唸る。

「神獣王は、そのことを知っておるのか」

「おそらく、気づいていないと思います。彼はベアトリーチェ王妃に夢中なので……」

「ジーノは第一王子だろう。彼が行方不明になれば、大騒ぎになるのではないか。ヴェスタの者はなにをしておるのだ」

「わかりません。ただ、王妃は『ジーノがルッカとソラを誘拐した』と主張しているようなのです。レントの国にも、ジーノを見つけ出し、捕らえるよう、文がまわっていました」

「なんと……」

痛ましげに、コルダはジーノの幻影を見やる。

「お願いします。エテルノの弓矢の矢じりを作ってください。なんとしてでも、ジーノを助けたいんです」

深々と頭を下げた僕の頭上に、コルダの声が降ってくる。

「助けてやりたいのは山々だが、お前さんひとりでなにができる。ジーノを助け出したとしても、無実を証明するのは難しいぞ。神獣王は、王妃にすっかり骨抜きなのだろう」

「そうかもしれませんけれど……ジーノをこのまま見捨てるわけにはっ……」

「もし仮に、ジーノを助け出すことに成功したとして、その後、どうなる。神獣王の寵愛が続く限り、王妃の罪が問われることはないだろう。彼女の元に双子を戻せば、また危い目に遭うやもしれん。それよりは『成長するまで安全な世界に避難させておく』というジーノの案が、この子たちにとって最良なのではないか」

「ですが――」

「前王妃の結界も厄介だが、現王妃の魔力もとてつもなく強力だと聞いたことがある。あの神獣王を虜にし、骨抜きにするほどだ。お前さんのような凡人、一瞬で惑わされるぞ」

「ジーノは惑わされませんでした。彼は王妃に屈することなく、双子たちを助けた」

「ジーノは特別じゃ。あの一族の魔力は稀代のものだ。姉ほどではないにせよ、彼自身も大陸で一、二を争う魔力を持っておる。もし、お前さんが自分の世界にこの子らを連れ帰りたくないというのなら、お前さんひとりで帰れ。ワシがこの国で双子たちを育ててやる。天空都市セルセまでは、王妃の追っ手も来ることができないだろうからな」

　核から投影されていたジーノの姿が、だんだんと薄くなってゆく。

「ジーノ！」

「やー、ジーノ、きえちゃだめ！」

双子たちの瞳から、ぽろぽろと大粒の涙が溢れた。光の膜を殴り、ひっかき、必死でジーノのもとに向かおうとする。

「魔法の使えないお前さんが、ひとりでベアトリーチェ王妃に立ち向かうなど、どう考えても無謀だ。じっくり考えろ。ジーノの遺言を、無駄にするではない」

コルダはそう告げると、くるりと僕たちに背を向けた。

「怪鳥。お前さんはもう帰れ。地上でヒナが待っているのだろう」

心配そうな瞳で、怪鳥は光の膜ごしにルッカとソラに頬をすり寄せた。

「安心せい。ワシが責任をもって、この者たちを安全な場所に連れて行く」

怪鳥の身体が、まばゆい純白の光に包まれる。

「キエエェエエエ！」

「とりさん！」

ルッカとソラが、膜に飛びつくようにして怪鳥を呼ぶ。

妖精王が杖をくいっと動かすと、怪鳥の身体はぶわりと宙に舞い上がった。光が弾けるのと同時に、巨体が跡形もなく消え去る。

「とりさんー！」

膜のなかでへたり込み、双子は声を上げて泣きじゃくった。

「泣く必要はない。怪鳥は、彼女を待つヒナのもとに戻ったのだ」

諭すような声音でコルダにいわれても、双子は泣き止もうとしない。

「大丈夫だよ、二人とも。コルダにいわれても、ジーノがいっていただろう。魔文の封印は『善良で清らかな心の持ち主にしか解除できない』って。妖精王は、怪鳥を傷つけたりしない」

どんなになだめても、二人は泣き止まない。見かねたコルダが、杖を天に突き出し、呪文を唱えた。すると、大きな楕円形の物体が現れ、そこに怪鳥の姿が映し出される。

怪鳥のそばには、ペザンテやバルドの率いる騎士団の姿も見えた。

「お前さんたち、聞こえるか」

楕円形の物体に向かって、コルダは話しかける。ペザンテやバルド、怪鳥がそろって空を見上げた。

「悠斗と神獣王の子は、現在セルセにおる。今後どうすべきか、ゆっくり考えてもらうつもりだ。ここにおるあいだは、彼らの身はなにがあっても守ると誓う。どうか安心して欲しい」

コルダの話を聞き終えたペザンテは、ふんと鼻を鳴らす。

「セルセにいるのなら、安心だろう。妖精王が、双子に危害を加えるとは思えぬ」

「悠斗、ルッカ、ソラ、俺の声が聞こえるかー！」

バルドは両手を天に突き出し、大きく手を振って僕らの名を呼んだ。

「聞こえます！　僕らの声も聞こえますか」

僕が大きな声で答えると、バルドが「聞こえるぞー！」と笑顔で答えた。

「俺たちはいったんレントに戻るが、助けが必要なときはいつでも寄ってくれ。レスティアに行くのなら、道中の護衛もしてやる」

「ありがとうございますっ」

深々と頭を下げ、お礼を告げる。双子はぺたんと耳を垂れさせたまま、バルドやペザンテの言葉に反応しなかった。

「ほれ。わかったら、いつまでも突っ立っていないで、城に入ってこい」

「ありがたいお言葉ですが、僕らのような大きな生き物が、その城に入るわけには……」

妖精王の城は僕らには小さすぎて、とてもではないけれど入れる気がしない。

「身体の大きさなど、いくらでも変えてやる」

ひょい、とコルダが杖を振ると、僕らの身体が、しゅるんと妖精サイズに縮んだ。

妖精サイズになってみると、妖精王の城がとてつもなく豪華であることがわかる。

エントランスの大階段も、その先に続く大広間も、細部にわたって作りこまれている。

しょんぼりと肩を落とした双子のために、妖精王は巨大なテーブルに乗りきらないほどたくさんの、おいしそうなごちそうを用意してくれた。

テーブルの中央には、ウエディングケーキみたいに段になった大きなケーキがどーんと置かれている。ふわふわのクリームと色とりどりのフルーツがとてもおいしそうだ。

手づかみでぱくぱく食べられるように、ひと口大に作られたミートボールや揚げ物。プチパンに焼いた肉を挟んだ、ハンバーガーのような料理もある。

野菜やフルーツも食べやすい大きさに調理され、彩りよく並んでいて、テーブル全体がお子さまランチのような愛らしさだ。

ふだんなら、まっさきに飛びつくルッカとソラが、耳としっぽをしょぼんと垂れさせたまま、少しも反応を示さない。

コルダに料理を勧められても、二人はぼーっとしたままだった。

「ルッカ、ソラ。とりあえず、ごはんをいただこう」

僕が声をかけると、二人はふるふると首を振る。

「ジーノ、あいたいのー」

「よそのせかい、いくの、やー」

どうしてもこの世界に留まりたいのだろう。

瞳いっぱいに涙をためた二人の姿に、ぎゅっと胸を締めつけられた。

「あの……コルダ陛下」

「なんだ」

「このあいだ、ジーノが双子たちの魔力を『共有』していたんです。双子にはものすごく大きな魔力があるけれど、それを使う知識がまだないからって。魔力の共有っていうのは、誰にでもできるものなんですか」

コルダは目を眇め、怪訝そうな顔で僕を見やる。

「なにがいいたい」

「魔力の『共有』をすれば、魔力のない僕でも、魔法を使えるようになるのかなって思ったんです。もし僕に魔法が使えれば、ジーノを助け出すことができるかもしれない」

心底呆れた顔で、コルダは肩をすくめた。

「馬鹿をいうでない。魔法というのは、一朝一夕に使えるようになるものではない。何年も何十年もコツコツと鍛錬を続けて、ようやく習得できるものだ」

「わかってます。それでも僕は、ジーノを助けたいんです。ほんの少しでも可能性があるのなら、そこに賭けたいんですよ」

ぐっと身を乗り出して告げた僕に、コルダは小さくため息を吐く。

「魔力の『共有』は、よっぽど深い愛情で結ばれていなくてはできぬものだ。親子や兄弟、夫婦など、己の命以上に相手を大切に思える、無償の献身がなくては成り立たぬ。お前さんと神獣王の子どもは、赤の他人。しかも受け手側のお前さんは、魔法使いではない一般人だ。ジーノの核があれば、もしかしたらできるかもしれぬが……そのために核を使えば、お前さんは二度と元の世界に戻れなくなるぞ」

二度と戻れない。その言葉に、どくんと心臓が跳ね上がる。

目の前には、しょぼんと耳を垂らしたまま、ごちそうに手をつけようとしない双子たちの姿。初めて目にしたジーノの本当の姿が、脳裏に焼き付いて離れない。

「まあよい。ゆっくり考えろ。天空都市で流れる時間は、下界で流れる時間とは異なる。一週間悩み続けたところで、下界に戻れば一時間も経っておらぬだろう」

そう呟くと、コルダは皿の上のイチゴのような赤い果実に手を伸ばす。僕のこぶしくらいある、大きなな果実だ。豪快にかぶりつき、彼は双子たちに「この国の食べ物は、どれもめっぽううまいぞ」と笑いかけた。

ぐるぐるぎゅーと双子の腹の音が鳴る。

「とりあえず、ごはんを食べよう。僕はなにがあっても、ルッカとソラの味方だよ」

二人の背中をそっと撫で、僕は彼らに食事を摂るよう促した。

コルダは僕らに天蓋つきの大きなベッドの置かれた客間を用意してくれた。

ふだんなら、ふかふかのベッドにダイブして大はしゃぎする双子たちも、今日はしょんぼり耳を垂れさせたままだ。

ベッドの上。甘えたようにすり寄ってくる二人を抱き寄せ、僕はそっと髪を撫でた。

この世界に留まることを選択すれば、あちらの世界から、僕は消えることになる。

オープン直後の新店舗はどうなるのだろう。

クローズ作業もまともにできないスタッフだけで、ちゃんとまわせていけるだろうか。

両親は悲しむだろうな……。昔から、僕は両親の期待に添えない子どもだった。

他の兄弟のように、親の望む仕事に就き、孫の顔を見せることができなかった。

「親不孝、だよな……」

頭ではわかっている。だけど――。

僕がいなくなれば、誰か他の社員が、新店舗のサポートに派遣されてくるだろう。

僕が孫の顔を見せられなかった分、両親は兄の子どもをたくさんかわいがるだろう。

ルッカとソラは、どうだ。

ジーノの安否がわからない今、二人のことを最優先に考えられる人間は、僕以外、誰もいない。

ルッカとソラが望むこと。

それは、安全な向こうの世界に行くことでも、この国で妖精王と暮らすことでもない。

ジーノに会いたい。それが、双子たちの唯一の望みだ。

どんなに低い確率でも、ジーノを救い出し、再会させてあげなくちゃいけない。

「ルッカ、ソラ。多数決をとろうか」

僕の提案に、二人はきょとんと首をかしげる。

「それぞれ一番よいと思うものに手を挙げて、一番票の集まった意見を採用するんだ」

顔を見合わせ、双子たちはこくっと頷いた。

「その1。ジーノの核を使って、三人で向こうの世界に行きたいひと」

誰も手を挙げない。

「その2。僕は向こうの世界に帰り、ルッカとソラはこの国に残るのがいい、と思うひと」

またもや、誰も手を挙げない。それどころか、ルッカもソラも両手を尻の下に隠し、ぶんぶんと首を振っている。

「その3。三人で力を合わせて、ジーノを助けたい、ひと」

「わふー！」

「わおー！」

ぴょこんと飛び跳ね、ルッカとソラは両手を天井に向かって突き出す。

ほっぺたが赤く紅潮し、ぶんぶんとしっぽが揺れた。

「危険なことも、多いかもしれないよ。もしかしたら、失敗するかもしれない。それでも、行く？」

「「いく！」」

二人は同時に叫ぶ。

「わかったよ、行こう」

僕がそう答えると、二人は同時に飛びかかってきた。勢いよく飛びつかれ、支えきれずにベッドに転がる。

「わふー！」

「わおー！」

歓声を上げた二人が、ぎゅうぎゅうに抱きついてくる。僕はその身体をしっかりと抱きしめ、眠りについた。

「僕に魔法の使い方を教えてください！」

翌朝、朝食の席でそう告げると、コルダは険しい顔で僕を見上げた。

「いっただろう。一朝一夕で使えるようになるものではないと」

「わかっています。でも、セルセと下界とでは、流れる時間が違うんですよね？　だったら、時間をかけて魔法の特訓をすることだって、可能なはずです」

昨日、コルダは『セルセの一週間は、下界の一時間にも満たない』といっていた。

つまり、半年間特訓を積んだとしても、下界に降りれば一日しか経過していないということだ。

「お願いします。このとおりです……！」

深々と頭を下げた僕の隣で、ルッカとソラもかわいらしい声で訴える。

「おねがい！　ゆーとに、まほうおしえて」

「どんなに教えたところで、魔力の共有ができなければ意味がない。他人のお前さんたちに、共有など、できぬだろう」

「たにん、ちがう！」

「ゆーと、かぞく！」

そう叫ぶと、ルッカは僕の右手を、ソラは僕の左手を掴んだ。

「ルッカのまりょく、ゆーとにあげる」

「ソラのまりょくも、ゆーとにあげる」

まぶたを閉じ、ルッカとソラはぎゅうっと僕の手を握りしめる。

すると僕の手が、じんわりとあたたかくなってきた。手だけじゃない。あたたかさがゆっくりと、全身を巡ってゆく。

「ほう。これはたまげた！　お前さんたち、家族でもないのに、魔力を共有できるのか」

大げさに驚くコルダに、双子たちは「がるるっ」と威嚇の声を上げる。

「ゆーと、ルッカとソラのかぞく！」

「かぞく！」

白ひげを撫でながら、コルダは「ふむ」と頷く。

「血の繋がりはなくとも、家族と変わらぬ絆がある、ということか」

「きずな、あるのー！」

勢いよく飛びついてきた双子たちを、僕はしっかりと抱きとめる。

「ルッカ、ソラ、ゆーと、だいすき！」

コルダは杖を振り、僕の目の前にうずたかく書籍の山を積み上げた。

「魔法が使えるようになるためには、学ぶべきことが山のようにあるぞ。これらすべてを、お前さんは一週間で読みこみ、暗記することができるか」

分厚い本を開いてみると、見たこともないような文字がびっしりと書き記されている。

ジーノの魔法のおかげだと思う。僕にはその文字を難なく読むことができた。

「暗記してみせます。記憶力には自信がありますから」

学業成績がよいことだけが、僕の取り柄だった。受験や資格取得のために鍛えてきた暗記力は、今も健在だ。

「ワシの特訓は厳しいぞ。お前たち子狼もじゃ。共有を強化するためには、お前たちも訓練を積まねばならぬ」

「ルッカ、がんばる！」

「ソラ、がんばる！」

むいっと両手を天に突き出し、双子たちはジャンプする。

コルダは目を細め、双子たちにやさしい笑顔を向けた。

「腹が減っては、身につくものも身につかぬ。まずは食事じゃ、たくさんお食べ」

「はーい！」

元気いっぱい答え、双子たちはテーブルの上の料理に、競いあうように手を伸ばした。

朝食を食べ終えると、城の中庭で、コルダが直々に魔法の使い方を教えてくれた。

魔力のない僕ひとりでは魔法を発動できないため、ルッカとソラと三人で実技指導を受ける必要がある。

二人はいつになく真剣な表情で、コルダの言葉に耳を傾けた。

僕の左右の手を握りしめた双子たちの手に、ぎゅっと力がこもる。

「三人でいっしょに詠唱する方法もあるが、まずは悠斗ひとりで魔法を発動させられるようにならねばならぬ。ほれ、実際にやってみよ」

コルダが最初に教えてくれた呪文は、紙をくりぬいて作った人型を、ふわりと宙に浮かせる魔法だった。

教えられたとおりに呪文を詠唱しても、人型はぴくりとも動かない。

「ゆーと、がんばって！」

「がんばって」

ルッカとソラに励まされながら、僕は何度も呪文を唱え続けた。

「呪文を唱えるだけでは、なんの意味もない。頭のなかで、魔法が発動したところをしっかりと思い描くのじゃ」

コルダに指摘され、ゆっくりと目を閉じる。全神経を集中して、僕は人型が浮かび上がるところを思い描いた。

「ゆーと、見て。ぷかぷか！」

「だいせいこう！」

双子たちが、嬉しそうに歓声を上げる。おそるおそる目を開くと、小さな人型がほんの少しだけ地面から浮かんでいた。

「やった！」

そう叫んだ瞬間、人型はぺたっと地面にへばりつく。

「ダメじゃな。集中力が足りん！」

コルダに呆れた声で叱られてしまった。

「ほれ。そんなのは浮いたうちに入らぬ。城のてっぺんまで飛ばせるよう、集中するのじゃ」

「し、城のてっぺん……!?」

こんなにも必死で集中したのに、たったの一センチしか浮かばなかった。そんなものを、城のてっぺんまでどうやって飛ばせというのだろう。

ぐったりとうなだれた僕の手を、ルッカとソラが握りしめる。

「ゆーと、もっとがんばるのー」

「わ、わかったよ。うん、頑張ろう」

双子たちの手を握りしめかえし、僕はもう一度目を閉じて全神経を集中する。

昼休憩を挟んで、日が暮れるまで実技の特訓が続いた。

「はうー……」

魔力を使い果たしてしまったのだと思う。

脱力した双子たちは、人間の形を保ちきれず、子狼に変化してしまった。

彼らをベッドに寝かしつけたら、今度は座学の時間だ。僕は睡魔と戦いながら、コルダから魔法に関する講義を受けることになった。


早朝から日が暮れるまで続く実技の特訓と、夕食後の座学、そして夜更けまで続く、魔法書の読みこみと暗記。

脳も身体もへとへとになるような特訓が、来る日も来る日も続いた。

双子たちは僕よりずっと順応性が高い。二か月目に突入するころには、夕暮れまで特訓を受けた後も、元気いっぱい、ひとの形を保ったままでいられるようになった。

僕とコルダが休憩をするあいだも暇を持て余し、そこらじゅうを駆けまわる。

有り余る体力を発散できるよう、僕は彼らにキャッチボールの仕方を教えてあげた。コルダの作ったやわらかな光の玉を使って、二人は時間さえあればキャッチボールをして遊んでいる。

半年が経過した今では、僕やコルダでは、とてもではないけれど受けられないような剛速球を、二人は投げ合うようになった。

「二人とも、いつも元気だなぁ……」

感心する僕の隣で、コルダも大きく頷いた。

「さすがは神獣王と稀代の魔女の血を引く子。二人とも、すばらしい魔力を持っておるな。これだけ魔力を酷使しても、駆けまわる体力が残っているとは……」

「ごめんね、ルッカ、ソラ。二人の魔力を、もっと活かしてあげられるだけの能力が、僕にあればよかったんだけど……」

申し訳なさに頭を下げた僕に、コルダはやさしい声でいってくれた。

「確かにお前さんは、攻撃魔法はからっきしだが、防御魔法と治癒魔法に限れば、この短期間では考えられないほど上達したぞ。なんといっても、ワシの教え方がいいからのう」

「そ、そうですね……っ」

コルダの指導はとても厳しかったけれど、わかりやすく、いつだって双子や僕のことを気遣ってくれていた。

なんの得にもならないのに。半年間、つきっきりで僕らに指導をしてくれたのだ。

「どのみち、平和の塔のなかでは攻撃魔法は無効化されてしまうのだ。今のお前さんなら、双子を守りながらジーノを助け出すことができるやもしれん。応援しておるぞ。大国レスティアとヴェスタの不和を解消することは、この世界全体の平和を保つことにも繋がるのだ」

コルダの言葉がどれだけ理解できているのかわからない。

じっと彼の瞳を見つめていたルッカとソラが、突然「腹ぺこー！」と騒ぎ出した。

「おお、そうじゃの。今夜は最後の夜だ。ごちそうをたくさん用意して、精をつけてもらわんとな」

ルッカとソラの表情が、満面の笑みに変わる。

「やったー、ごちそうー！」

「ごちそうーっ」

大はしゃぎする二人を前に、コルダはやさしく目を細める。

「半年間、ありがとうございました」

コルダに深々と頭を下げ、僕はぴょんぴょんと跳ね回る双子たちを抱き寄せた。

第九章　レスティアの海中牢獄へ

翌朝、僕らはいよいよレスティアの海中牢獄へ向かうことになった。

レントの街まで妖精王コルダの魔法で降ろしてもらい、バルドやペザンテと合流する。

コルダのいうとおり、半年間みっちり特訓を積んだはずなのに、下界での時間は一日しか経過していなかった。

「本当に、ジーノのところに行くつもりなんだな」

レントの城門前でバルドに問われ、僕は頷いた。

「ルッカやソラにとって、ジーノはどうしても必要な存在なんです。なんとしても、ジーノを救出しなくては」

「ジーノ、ゆーとのまほうでたすけるのー！」

むいっとこぶしを突き出した双子たちに、バルドは怪訝な眼差しを向ける。

「悠斗は魔法なんて使えないだろ」

「つかえるー！」

ルッカとソラは、ぎゅっと僕の手を握りしめる。

双子の手のひらを握りかえし、コルダに教わった呪文を詠唱してみせた。

すると、僕ら三人の身体が、それぞれ翡翠色の光に包まれる。さらに呪文を唱えると、ふわりと宙に浮かび上がった。

「おお、凄ぇな！　浮遊の魔法か？」

「はい。浮遊と防御の魔法です。この光に包まれているあいだは、魔力攻撃も物理攻撃も防ぐことができるんです。僕は攻撃魔法が苦手のようで……防御と治癒の魔法しか使えないんですけど」

「防御と治癒の魔法が使えるのか。ますます我が騎士団に迎え入れたくなったな」

「だめー！」

バルドを睨みつけ、ルッカとソラが唸り声を上げる。

あれから半年が経過したけれど、二人の身長は少しも伸びていない。セルセで過ごした時間は、肉体の成長には影響を与えないようだ。

二人とも小さなままだけれど、その眼差しは出会ったばかりのころより、ずっと凛々しく、頼もしくなった。

「攻撃魔法を使えないいんじゃ、レスティアまでの道中は、俺らが護衛してやらないとな」

バルドは、わしわしと双子たちの髪を撫でる。

僕を取られる、と本気で心配しているようだ。双子はバルドの手を払いのけ、ぎゅうっと僕に抱きついた。

「がるるるっ……！」

「こらこら、二人とも、バルド団長をむやみに威嚇しない。こんなにかわいがってくれているんだから、仲良くしようね。ええと、バルド団長。護衛、ありがたいんですけど、そんなことをしたら、レスティアに対する謀反だと思われませんか？」

「そこは問題ない。雷竜や火竜を王妃が操っていた証拠は掴めなかったが、あのときのレスティア軍の連中は、レントの牢獄に収容中なんだ。我が国には、なぜあんなことをしたのか、レスティアの王妃や王に確認する権利がある」

「同じく。私も勝手に森を荒らされて、黙っているつもりはない。――人間ごときに、子狼を任せる気には、なれぬしな」

ふん、と鼻を鳴らし、ペザンテが双子にしっぽを巻きつける。二人は嬉しそうに、ペザンテに飛びついた。

「ここからレスティアまで、馬で移動すると何日くらいかかるんですか」

「レスティアの王都まで、どんなに急いでも、七日はかかるだろうな」

「そんなに……」

一刻も早くジーノを助けに向かいたい僕たちにとって、七日はかなりのロスだ。

『大陸内移動程度の転移魔法なら、ワシにも使えるぞ』

そのとき、ソラのポケットから、純白の美しい蝶が飛び出してきた。

「その声は……妖精王コルダか⁉」

目を細めて呟いたペザンテの鼻先に、蝶はふわりと舞い降りる。

『左様。この蝶には魔核をこめたわけではないからな。転移魔法を一度使えば、依り代としての役目を終えることになるじゃろう。転移した後は、お前さんたちだけで、この子らを守るんじゃぞ』

「ようせいのおじーちゃん？」

蝶を見上げ、ルッカとソラは不思議そうに目を瞬かせた。

『ああ、お前さんたちの鬼師匠じゃ。ほれ、ルッカ、ソラ、早く支度せい。まとめて全員、レスティアまで飛ばしてやろう』

コルダにせかされ、僕たちは身支度を調える。

僕と双子、ペザンテ、バルド団長率いる王立騎士団。レントの城門前に整列した総勢六十四名と一匹の頭上に舞い上がり、純白の蝶はまばゆい白い光を放つ。

目を開けていられないくらい、強い光。ぎゅっと目を閉じ、開いたときには、視界から城壁が消えていた。

「ここは……」

「レスティア城の敷地内だな。さすがは妖精王、平和の塔の真ん前に飛ばしてくれたようだ」

目の前にそびえたつ白い塔を見上げ、バルドがまぶしそうに目を細める。

「ジーノは、この塔の地下に？」

「ああ。くっちゃべってる暇はない。さっそくおいでなすったぞ。ほら、急げ。ペザンテ、お前が先導しろ。俺たちは背後を守る！」

ペザンテは僕と双子を器用にしっぽで巻き取ると、ぽふっと背中に乗せる。

「しっかり捕まっていろ！」

石畳を蹴り上げ、ペザンテは塔の内部に駆け込んだ。

「ペザンテ、この塔の構造を知っているの？」

「そんなものは、とっくに調査済みだ」

そっけない口調で答え、彼は迷いのない足取りで、まっすぐ塔の最奥にあるゲートへと駆けてゆく。

騎士団員は、塔の入り口で迎撃する者と、内部に侵攻する者の二手に分かれたようだ。

僕らの後を、鎧をまとい、剣と盾で武装した三十人ほどの騎士団員が追いかけてきた。

白昼堂々と行われた奇襲。

激しく鐘を打ち鳴らし、応援を呼ぶ者たちの声が聞こえる。

「塔の内部には、大して兵士はおらんようだな」

ペザンテのいうとおり、背後はやかましいけれど、前方には今のところ僕らを遮る者が誰もいない。

らせん階段を駆け下りると、あっというまに、日の光の届かない薄暗い場所へと周囲の景色が変化した。

外は夏のような暑さだったのに。塔の地下はひんやりしている。

頭上からけたたましい声や金属のぶつかりあう音が聞こえてくるけれど、騎士団員が食い止めてくれているおかげか、今のところ敵兵の追撃はない。

このまま、すんなりジーノのところまでたどり着けたらいいのに。

――そんな僕の願いは、あっけなく崩れ去ってしまった。

突然、爆風が吹き荒れ、禍々しい紫色の光の塊が急降下してきた。

地響きのような、とてつもない咆哮が響き渡る。

「――地竜だ！　悠斗、地面が崩れるぞ。浮遊系の防御魔法をかけろ！」

ペザンテに命じられ、僕は急いで双子たちと手を繋ぐ。

必死になって呪文を唱える僕の目の前に、視界を埋め尽くすような巨大なシルエットが浮かび上がってきた。

直後、階段が大きく波打ち、壁面のレンガが吹っ飛ぶ。

「ペザンテ！」

双子たちが悲鳴をあげた。

ペザンテの巨体が、宙を舞う。なにか魔法を使おうとしているのだと思う。

「ペザンテ、この塔のなかは攻撃魔法が効かないんだ！」

僕の叫びに、ペザンテはニヤリと不敵な笑みを返した。

「そんなもの、とっくにわかっておるわ」

地竜の身体が、青い光に包まれる。その光は鎖となって、地竜の身体を拘束した。鎖は前足と後ろ足もそれぞれ足輪で拘束し、口には口輪をはめ込む。

「攻撃系の魔法が使えないのは、やつらも同じ。物理攻撃さえ封じてしまえば、恐れることはない」

地竜は雷竜や火竜のように魔法攻撃をすることができず、咆哮や地団駄の衝撃で、周囲を物理的に破壊するのだそうだ。口輪と足輪があれば、どちらも封じることができる。

「まあ、とっても賢いのね。大きな狐さん」

頭上から、艶っぽい女性の声が降って来た。びくん、と双子が身体をこわばらせる。

「ほう。ベアトリーチェ王妃、自らお出迎えか」

ペザンテは僕と双子の身体を咥え、ぶんっと大きく振りかぶって下階へと放り投げる。

「うわぁあっ……！」

「悠斗、ここは私に任せて先へ行け。なんとかして、ジーノのもとまでたどり着くのだ！」

ペザンテはそう叫ぶと、ベアトリーチェに向かって唸り声を上げる。

「ペザンテ、だいじょぶ？」

心配そうな顔で、双子たちが僕を見上げた。

「彼を信じて、先を急ごう！」

せっかく足止めをしてくれているのだ。ペザンテの厚意を無駄にしてはいけない。

地竜が暴れたせいで、ぐちゃぐちゃに崩れた階段。僕らは浮遊の防御魔法に包まれたま
ま、海中牢を目指した。

階段室には、たいまつの明かりさえ灯っていない。防御魔法が放つ淡い光だけを頼りに、
僕らは地下牢の入り口を探す。

「ジーノ、助けに来たぞ！　いるなら答えてくれ」

深い闇に覆われた、らせん階段。いったいどこまで続いているのだろう。

遠くで、かすかに水の音がする。

「ジーノ！」

双子たちも、声の限りに叫んだ。

けれども、どんなに叫んでもまったく反応がない。

不安になったそのとき、首から提げたジーノの核が、わずかに熱を帯びた。

妖精王コルダが、核に傷をつけないよう、魔法でペンダント型にしてくれたものだ。

そっと触れてみると、核が小さく震えているのがわかった。

「ジーノ、僕たちの声が聞こえているのか⁉」

核を口元に近づけて叫ぶ。すると核から、かすかにジーノの声が聞こえてきた。

『お前たち……いったいどこにいる』

「平和の塔だよ！　ジーノを助けるために、ここまで来たんだ」

僕の答えに、ジーノはしばらくなにも答えなかった。

「ジーノ？」

ルッカとソラに名前を呼ばれ、ようやく返事がくる。

『どうやってここまで来たのかわからないが……無駄だ』

「無駄なんかじゃない。僕ら、妖精王に魔法の使い方を教えてもらったんだ。エテルノの弓矢だってある」

セルセで過ごした最終日。コルダは僕たちに、エテルノの弓矢の矢じりを作ってくれた。

エテルノの矢の先端に取り付ける矢じりは、魔法使いの核。核を壊されることなく、天寿を全うした魔法使いの遺した核でしか、作ることができない。

コルダは彼の父親が遺した貴重な核を、僕らに託してくれた。

『海中牢獄の扉の前には、ベアトリーチェに操られた紅獅子(べにじし)がいるんだ。危険すぎる』

「紅獅子……？」

『猛毒を持った巨大な獣だ。噛まれたら、ひとたまりもない』

僕には、ペザンテのように檻や鎖を作る力はない。使えるのは、防御の魔法と回復の魔法だけだ。どうやって、紅獅子と戦ったらいいのだろう。

『私の依り代が壊れ、結界の外で魔法を発動できなくなった今、お前たちに勝ち目はない。今すぐ逃げるんだ』

「ちょっと待って。依り代があれば、ジーノは結界の外で魔法を発動できるんだよね？この核を別の依り代に入れて、もう一度、遠隔操作できるようにしたらいいんじゃないのか」

『お前は、依り代になりそうなものを、なにか持っているのか』

「ない……けど、塔の外に取りに行けば……」

上階を見上げた僕に、ジーノは静かな声でいった。

『無理だ。ここは大陸一の大国、レスティアだぞ。上階には無数の兵士がいる。上に戻るなんて危険すぎる』

「じゃあ、どうしたら……っ」

『私の核を使って、今すぐ元の世界に戻るんだ。その核には、私以外の者にも発動できるよう、転移の呪符が刻み込んである。私の核と双子の強大な魔力があれば、未熟なお前の詠唱でも、発動できるかもしれない』

「そんなっ……」

『他に方法がない。急げ、一刻を争うのだ』

頭上から、ペザンテの苦しげなうめき声が聞こえてきた。

僕らがここから逃走したら、ペザンテや騎士団の皆はどうなるのだろう。

ジーノだけじゃない。ここまで僕らを支えてくれてきた皆を、見捨てることになる。

「嫌だ」

『悠斗。何度もいわせるな。他に方法がないんだ』

「嫌だ。僕は、誰も見殺しにできない。ジーノも、ペザンテも、騎士団の皆も。置き去りにして、自分たちだけが助かるわけにはいかないっ」

「ルッカも、やー!」

「ソラもぜったい、やー。ジーノたすけるの。ペザンテもだいじ」

双子たちも、僕の言葉に続く。

「依り代があれば、牢の外で魔法を発動できるんだろ。それなら、僕が依り代になる」

『なにを、いってるんだ……?』

「僕の身体を、依り代にすればいい。ぬいぐるみの代わりに、この身体を使うんだ」

妖精王が、教えてくれた。核を体内に取り込めば、生きている人間でも依り代になることができるのだと。

『生きた人間も依り代になれる。だが、ひとたび核を取り込めば、死ぬまで取り出すことはできぬ。核の持ち主が死ぬときは、依り代も死ぬ。生半可な気持ちで、してはならぬぞ』

しわがれたコルダの声が脳裏をよぎる。

核を取り込めば、自分は死ぬまでジーノの依り代であり続けなくてはならなくなる。元の世界に戻ることも、当然、できなくなるだろう。

『やめろ、悠斗。早まるなっ』

ジーノの声が響き、核が大きく震える。僕の指先も、ぶるぶると震えた。

だけど、覚悟は揺らがない。

ジーノを助ける方法。ペザンテや騎士団の皆を助ける方法。

他にないのだ。――これしかない。

核をペンダントチェーンから外し、口のなかに放り込む。プラムよりもひとまわり大きな、ごつごつした硬い石だ。苦しくて、喉が痛くて、えずきそうになった。

だけど、やめない。絶対に、やめない。

ゴクリ、と強引に飲み込むと、身体が焼けるように熱くなった。

「ゆーと、だいじょぶ？」

心配そうな瞳で、ルッカとソラが僕を見上げる。

「だ、大丈夫……。行こう。ジーノを助けるんだ！」

全身が熱くて、頭がガンガンして、少しでも気を抜くと、その場にくずおれてしまいそうだ。ふらふらしながら、僕は双子の身体を、ぎゅっと抱きしめた。

『まったく――お前というやつは。いったいどれだけ考えなしなんだ』

呆れたような声が、僕の脳内に響く。

いや、脳内じゃない。僕の身体から、それは響いていた。

ルッカとソラにも、ちゃんと聞こえたようだ。

「ジーノ！」

二人は瞳がこぼれ落ちそうなほど大きく目を見開き、きょろきょろと周囲を見渡す。

「ここに、いるよ。ジーノは、ここにいる」

自分の胸に手を当て、僕は二人に教えてあげた。

「ジーノ……ゆーとのなかに、いるの？」

不思議そうな顔で、二人は僕を見つめた。

「ああ、いるよ。ちゃんといる」

『のんびりしている場合じゃない。こうなったら仕方がない。悠斗、追っ手がくる前に、さっさと降りて来い！』

「わかってる」

ジーノに叱咤され、僕は双子たちと手を繋ぐ。

コルダに教えてもらった、防御の魔法。

万が一に備え、大きなひとつの玉にいっしょに入るのではなく、三人それぞれを光の膜でもう一度、厳重に覆う。

『ほう、純白の光か。妖精王コルダの魔法だな』

興味深げに、ジーノが呟く。

「コルダが教えてくれたんだ。攻撃魔法や転移魔法はひとつも身につかなかったけど。防御と治癒の魔法だけは、それなりに使えているって、褒めてくれたよ」

『それはいい。双子たちをしっかり守ってくれ。――転移するぞ。攻撃に備えろ！』

ジーノの詠唱が低く響く。

僕らの身体が翡翠色の光に包まれ、気づけばそこは、青白い光に照らされた洞窟のような場所だった。

『ぼーっとするな、悠斗。前方、紅獅子だ！』

ジーノの声で我にかえる。

いったい何メートルくらいあるのだろう。ライオンによく似た外見で、象のように巨大な獣。赤く燃えるようなたてがみの獣が、耳をつんざくような禍々しい咆哮を上げる。

「ど、どうしたらっ……！」

『とりあえず、口輪で拘束。それが基本だ』

素早く呪文を唱え、ジーノは紅獅子の口を巨大な口輪で拘束する。

さらに光の檻を作り、彼は紅獅子を閉じ込めた。

「よかった……」

ほっとしたのも束の間、紅獅子がふたたび咆哮を上げる。

紅獅子の背中がメリメリと裂け、そこから巨大な翼が姿を現した。ばさりと羽ばたき、檻ごと宙に舞い上がる。

『なっ……紅獅子に翼だと⁉　ベアトリーチェの闇魔法か。魔物の改造は条約で禁じられているのにっ。皆、伏せろっ』

檻から突き出した紅獅子の翼が壁面にぶつかり、バラバラと砕け散った岩が降ってくる。

『悠斗、物理防御を強化。できるか⁉』

「やってみるっ」

ぎゅ、と双子たちの手を握り、コルダに教わった呪文を唱える。三人の頭上に半円のシールドが現れ、雨のように降り注ぐ岩や小石をはねのけてくれた。

『このままでは塔が崩壊する。紅獅子を眠らせせなくては』

「だけど、塔のなかでは攻撃魔法が使えないんだろ」

『ああ。——外に転移させるか、それとも……』

「転移魔法は、魔力を消費しすぎる。連発したら危険だ。それに、外にいる皆が危険に晒される」

『しかし――』

戸惑うジーノに、双子たちがむいっと手を挙げる。

「ソラ、がんばるのー」

「ルッカ、でばん」

『ちょ、ちょっと待て。お前たち、なにをする気だっ』

僕の身体が勝手に動いて、双子を捕まえようとする。ルッカとソラはにっこりとほほえみ、素早く僕の手をすり抜けた。

「べにじしさん、いたいいいたい、ごめんね」

かわいらしい声でいうと、ルッカは地面から石を拾い上げ、紅獅子に向かって投げつける。

ルッカの投げた石はとてつもないスピードで飛んで、檻の狭間から紅獅子の額を直撃した。

「いたいいたい、ごめんね！」

ソラも同じように告げて、石ころを投げつける。石は同じく紅獅子の額を強打した。

「ぐあぁあああああ！」

紅獅子の悲痛な咆哮が響き渡る。

「べにじしさん、こてん、したらやめるのー。だから、こてん、して」

今度はこめかみに向かって、ルッカが石を投げる。次々と投げつけられる剛速球。

紅獅子は悲痛な叫びを上げ、地響きのような音を響かせて地面にくずおれた。

てとてとと駆け寄り、双子は檻ごしに紅獅子のようすをうかがう。

「べにじしさん、おねんね、した?」

「したね!」

ぐったりと動かなくなった紅獅子。ルッカとソラは顔を見合わせ、こくんと頷きあう。

「いたいいたい、ごめんね」

いたわるような声で告げると、二人はくるっときびすを返し、僕の元に駆け戻ってきた。

「ゆーと、はやく、ジーノたすける!」

「え、あ、あ、うん……」

なにが起きたのか理解できず、ぼーっと突っ立っていた僕の腕を、ルッカとソラが掴んで引っ張る。

紅獅子が倒れている先には、びっしりと呪文の刻まれた鉄扉が設えられている。

「ジーノ、この扉で間違いないね?」

『ああ、間違いない。——しかし、ルッカとソラ。いったいいつのまに、そんな技を……』

「魔法の特訓中、僕がへばって休憩するたびに、二人はやることがなくて退屈していたから、二人だけで遊べるように、キャッチボールの仕方を教えたんだよ」

体力の有り余った二人にとって、互いにボールを投げ合うキャッチボールは、とても楽しく感じられたようだ。暇さえあれば、妖精王に作ってもらったボールを投げ合って遊んでいた。

まさか、こんな形で役立つとは思わなかったけれど。紅獅子を『殺す』のではなく、『意識を失わせる』という方法をとった双子たちを、僕はたまらなく愛しく思った。

こんなにも強い力を持ったルッカとソラ。奪おうと思えば、簡単に他者の命を奪えてしまう。

それでも彼らは、紅獅子を殺さなかった。

大人になっても、今と同じ気持ちのままでいてくれたらいいと、心から思う。

背中に背負っていたエテルノの弓と矢を手に取り、僕は扉に向き直る。

弓を引き、扉を射ようとしたそのとき、不気味な紫色の光が目の前で弾けた。

まばゆさに眩んだ目が、少しずつ視力を取り戻してゆく。

光のなかから姿を現したのは、艶やかな栗色の髪の美しい女性、ベアトリーチェだった。

「いったいなにをしているのかしら。そんな物騒なものを構えて」

僕の耳元に唇を寄せるようにして、彼女は囁く。

『悠斗、ダメだ！　王妃の言葉に、耳を貸してはいけない』

ジーノの声が全身に響く。

ベアトリーチェの吐息が耳に触れて、どろりと脳が溶けるような錯覚に陥った。

指先が痺れ、弓を落としそうになる。がくがくと膝が震え、身動きが取れなくなった。

「なにを考えているのかわからないけれど、ここからジーノを出したって、なにもいいことはないわよ」

冷たい指先が僕の指に触れる。気づけば、すぐ目の前にベアトリーチェの顔があった。

鼻先が触れあうほど近く顔を寄せ、彼女は甘い蜜のような声で囁く。

「あなたのその純白の魔法、とってもすてきね」

ベアトリーチェの吐息が、僕の唇に触れる。吐息が毒のように、全身を痺れさせるのがわかった。

『悠斗、ダメだ。この女に取り込まれるな！』

ジーノの声が、かすんで聞こえる。

「ゆーと！」

「ゆーとっ」

ぐにゃりと視界が歪んで、紫色のもやに包まれていく。

「「だめーっ！」」

愛くるしい叫び声が、響き渡る。

その声が切り裂くように、紫のもやを払いのけた。

クリアになった視界。双子に体当たりされたベアトリーチェが、壁に身体を叩きつけられてうめき声を上げる。

地面から石を拾い上げ、双子は彼女にぶつけようとした。

「ルッカ、ソラ、ダメだよ。頑丈な紅獅子とは違うんだ。そんなことをしたら、王妃が死んでしまう」

ルッカとソラを殺めようとした悪妃。

けれども彼女を己の手で殺せば、双子はとてつもなく大きな業を背負うことになる。

「やっつけるのー！」

石をぶつけようと振りかぶった二人を、僕はぎゅっと抱き寄せた。

「甘いわね。人殺しもできないようでは、この世界では生きていかれないわよ」

ベアトリーチェの手のひらから、紫の光が放たれる。それは鎖の形になって、ルッカとソラの足首を絡め取った。

「ルッカ、ソラ！」

鎖が波打ち、二人の身体が地面に叩きつけられる。僕のかけた防御の魔法が、あっさりと壊されてしまった。

「だいじょぶ……いたいの、ないのー……ゅーと、とびら、こわす」

「ソラ、へいき。はやく、ジーノ、たすけて」

傷だらけになった二人が、かすれた声で訴える。

「ジーノ、どうしたら……っ」

『核を壊せ』

頭のなかに、ジーノの声が響く。

「え……どういう、こと……?」

『ベアトリーチェの核を壊すんだ。お前が手にしている、エテルノの弓矢で核を射るんだよ』

僕の顔が、勝手に動く。視線が、ベアトリーチェの胸元に輝く紫色の宝石をとらえた。

『あれが核だ。ほら、さっさと射ろ』

「ちょっと待って。そんなことをしたら、海中牢獄の結界が壊せなくなるだろっ」

『そんなものはどうでもいい。急げ。双子たちがこれ以上、傷つけられる前に』

自分の意思ではなく、身体が勝手に動く。

「だ、ダメだ、ジーノっ」

『ダメじゃない。時間がないんだ。早く。お前の身体が、完全にベアトリーチェの魔力に毒される前に、双子を助け出すんだ』

ゆらりと立ち上がり、ベアトリーチェが僕に向かって近づいてくる。

「なにをブツブツいっているのかしら。往生際の悪い男ね。——どんなに強い意志を持った男だって、私の前では一瞬でひれ伏すというのに」

甘い声で囁かれ、ふたたび、どろりと脳が溶けるような錯覚に陥る。

指先に痺れが走ったそのとき、痺れより強いなにかが、僕を突き動かした。

『今だ、射ろ！』

「嫌だ！」

ここまで来て、ジーノを救う手立てをなくすなんて。絶対に嫌だ。

必死で抗うのに、身体が勝手に動いてしまう。

『双子たちのためだ、頼む。私のことはどうでもいい。ルッカとソラを助けてくれっ』

悲痛な、ジーノの叫び。僕はそれ以上、抗うことができなかった。

純白の光を放った矢が、まっすぐ飛んでゆく。矢じりがベアトリーチェの核をとらえ、まばゆい光が弾けた。

目を開けているのが辛くなるほど、強い光だ。

「きゃあぁあああっ！」

ペンダント型の核を握りしめ、ベアトリーチェが悲鳴を上げる。

直後、ルッカとソラを拘束していた鎖が、跡形もなく消え去った。

「ルッカ、ソラ！」

大きく手を広げた僕の元に、二人は元気いっぱい駆け寄ってくる。

ジーノの詠唱が響き渡る。ベアトリーチェの身体が、翡翠色の檻に閉じ込められた。

そのとき、地響きのような、とてつもない音が洞窟内に炸裂した。ぐらぐらと地面が揺れ、天井からパラパラと石が降ってくる。

「ジーノ、これ、ジーノの魔法⁉」

『違う。魔法じゃない。私はなにもしていないぞ』

ジーノの声をかき消すように、くずおれた壁から勢いよく水が吹き出してきた。

『まさか……危ないっ、崩れるぞっ』

ジーノが、なにか呪文を唱える。

「ちょっと待って、それ、なんの呪文？　もしかして、僕たちを塔の外に転移させようとしてるんじゃ……」

『当然だ。詠唱の邪魔をするなっ』

「やめろ。ダメだ、そんなことして、きみはどうなるんだ」

『一刻を争うんだ。エテルノの矢はもうない。他に方法はないだろう』

妖精王がくずれた、貴重な矢じり。ベアトリーチェの核を壊すのと引き換えに、粉々に砕け散ってしまった。

「やー、たすける！」

「ジーノ、たすけるのっ」

双子たちが、海中牢獄の扉に駆け寄る。僕も二人の後を追った。

『無理だ。この結界は、エテルノの弓矢でなくては壊せない』

「そんなの、やってみなくちゃ、わからないだろっ」

ジーノの詠唱を遮るように、僕はそう告げた。

「ジーノひとりの魔力じゃ、確かに壊せないかもしれない。だけど、ルッカとソラがいる。僕もいる。『共有』だよ。双子の魔力を借りれば、きみはお姉さんの結界よりも強い魔法を発動できるかもしれない」

『そんなのできるわけ――』

「ジーノ、きょーゆー」

「ソラとルッカのちから。ぜんぶ、ジーノとゆーとにあげるのー」

双子が鉄扉に両手を押しつける。

僕も彼らと同じように、鉄扉に触れた。

「ジーノ、やってみよう。扉越しでも、共有できるかもしれない。――きみは、この子たちのかけがえのない『家族』なんだから」

絆の深さが、愛情の大きさが、共有の鍵になるというのなら、ジーノと双子たちほど、深い絆で結ばれた『家族』は、他にはいないと思う。

「ジーノ、だいすき」

「ジーノ、あいたい！」

双子の瞳から、大粒の涙が溢れる。

僕の体内にあるジーノの核が、熱く震えたような気がした。

ジーノの詠唱が、扉越しに僕の手のひらに響く。彼も、ちゃんと扉に触れているのだと思う。低く、流れるような声が、僕の身体を包み込んだ。

気づけばルッカとソラの身体も、翡翠色の光に包まれていた。

「無駄よ。あなたたちが束になったって、あの女の力には敵わない」

背後から、ベアトリーチェの声が聞こえてきた。

それでも、やめない。ジーノの詠唱は続く。

同じ呪文を、くり返し口にしている。だから、僕もルッカもソラも、呪文を自然と覚えた。

ジーノの声に合わせ、扉越しに呪文を唱える。

四人の声がひとつに重なりあって、扉を震わせた。

翡翠色の光が、どんどん強くなってきた。体内の核が、燃えるように熱い。

そこかしこで、岩が崩れる音がする。水が噴き出し、いつのまにか、僕らの足元を浸していた。

「いい加減、もう諦めなさい」

背後からベアトリーチェの声が聞こえたそのとき、翡翠色の閃光が扉を貫いた。強い、強い光。まぶしさに目を閉じ、ひたすら詠唱を続ける。

すぐそばの壁が崩れ、ざぶんと大量に水が溢れてきた。

頭から水を被った双子が、げほっと咽せる。

双子を守るように覆い被さり、まぶしさに負けそうになりながら、なんとか光源に視線を向けると、先刻まで立ちはだかっていた鉄扉は、跡形もなく消え去っていた。

「ジーノ……？」

目の前には、魔文で見たのとまったく同じ、銀色の髪をした青年が立っていた。

いや、まったく同じじゃない。美しい顔だちをしているけれど、少しやつれていて、僕が想像していたより、ずっと背が高い。

「急ぐぞ！　倒壊するっ」

感動の対面をしている場合じゃない。

ジーノは双子を抱えあげ、呪文を詠唱する。

翡翠色の光の玉が僕らを包み込み、シェルターのように水の浸入を阻んでくれた。

「脱出するぞ！」

「ちょ、ちょっと待って。ベアトリーチェは……」

ベアトリーチェを閉じ込めた檻に、ざぶんと波が打ちつける。このままでは、彼女は水底に沈むことになるだろう。

「ジーノ、たすけて」

ぎゅ、と双子に上着の裾を掴まれ、ジーノは形のよい眉をひそめた。

「あんな女を、助けてどうなる」

「――おなか、ちょっとおっきかった」

「あかちゃん、いるの」

つぶらな瞳で、双子たちはじっとジーノを見上げる。

「ルッカとソラの、おとうと？　いもうと？　わからない。でも、いるの。わかる。かんじるもん」

ジーノの上着の裾を掴んだまま、二人は水に呑まれて今にも水没しそうなベアトリーチェを見下ろす。

「おねがい。きょうだい、たすけて」

二人にせがまれ、ジーノは唇を噛みしめた。

檻の魔法を解き、ベアトリーチェの身体を鎖で拘束する。そして翡翠色の光の膜で包み込み、僕らの膜とともに、浮上させた。

「べにじしさんも」

ルッカとソラにせがまれ、ジーノはなにかいいたげな顔をしながらも、紅獅子の身体を光の膜で包んだ。

あっというまに水が満ちてくる。迫り来る荒波から逃れるように、僕らを包む翡翠色の玉は急浮上してゆく。

「ペザンテ！」

途中で、負傷してぐったりと倒れるペザンテを見つけた。ジーノは彼も翡翠色の膜で覆い、共に浮上させる。

「ちりゅうさんもー」

双子にせがまれ、ジーノは地竜や負傷して倒れている兵士たちも回収した。

ごおごおと迫る濁流（だくりゅう）から逃れ、らせん階段の中央を浮上し続けると、ようやく地上の明かりが見えてきた。

「お前たち、無事だったんだな！」

バルドが駆け寄ってくる。

翡翠色の光を解き、ゆっくりと顔を上げたジーノを、バルドは抱きしめようとした。その身体を、ルッカとソラがむいっと押しのける。

「だめー！　ルッカがさきー！」

「ソラがさきー！」

地面に吹っ飛んだバルドの目の前で、ルッカとソラがジーノに飛びつく。

「ジーノにぎゅうー、してほしかったのー」

「いっぱい、ぎゅー、したいのー」

ぽろぽろと涙を溢れさせ、抱きついてくる双子を、ジーノは立て膝をついて抱きとめた。ルッカとソラはジーノにぎゅうぎゅうにしがみついたまま、離れようとしなかった。

「いったい、どういうことだ……？」

騎士団員とレスティアの兵士たちのあいだに立ちはだかっていた大柄な男性が、僕らを見下ろし、怪訝そうに呟く。

ジーノやバルドも背が高いけれど、それ以上に大きい。二メートル以上あるだろうか。肩幅が広くがっしりとした体躯に、男らしい顔だち。頭には銀色の獣耳が生え、ズボンの尻のあたりから、もふもふの銀色しっぽが突き出している。

「もしかして……彼が、ルッカとソラのお父さん？」

僕の問いに、バルドが頷く。

「ああ、彼がレスティアの神獣王だ」

「ルッカ、ソラ。よかった、無事だったのだな……！」

大きく手を広げ、歩み寄ってきた神獣王に、双子は近寄ろうとしなかった。

ぎゅっとジーノにしがみついたまま、離れようとしない。

「ジーノ。お前が、この子たちを誘拐した、というのは本当か」

神獣王に問われ、ジーノが答える前に、ルッカとソラが答えた。

「ちがうのー、ジーノ、ルッカとソラ、たすけてくれたのー」

「助けた？　誰から？」

ルッカとソラは顔を見合わせる。

しばらくじっと見つめあった後、彼らは神獣王を見上げた。

「わるいまじょ」

二人はそろって、そう答える。

「悪い魔女？　その魔女は、どこにいるんだ」

双子たちの視線が、一瞬、ベアトリーチェに向けられる。びくっと身体をこわばらせた彼女から視線を外し、二人はまっすぐ、神獣王を見上げた。

「みんなで、やっつけたのー」

「もういないのー」

「お前たちを傷つけるなんて、いったい、どこのどいつだ」

神獣王が眉を吊り上げる。ベアトリーチェが、ゆらりと立ち上がった。

「あなた、私が――」

なにかをいいかけた彼女の声を遮るように、ルッカとソラが叫ぶ。

「腹ぺこー!」

「ぺこーっ!」

神獣王に駆け寄り、双子は「ごはんー!」とせがんだ。

神獣王は地面に膝をつき、二人をきつく抱きしめる。

ベアトリーチェの瞳から、ぽろぽろと大粒の涙が溢れ出した。

「ごーはんー、ごはんーっ」

「ぺこっぺこー、腹っぺこー!」

謎の歌を歌い、ルッカとソラは神獣王の左右の手を掴む。

「わかった。ごちそうを用意しよう。お前たちの帰還を祝って、好きなものをなんでも用意する」

「やったー! えっとねー、ルッカ、ゆーとのごはんー、たべたいのー」

「ソラもー、たべたいのー」

無邪気な歓声を上げる二人を見やり、ジーノが呆れた顔をする。

「ルッカ、ソラ。無茶をいうな。今日くらい、悠斗を休ませてやれ」

「大丈夫だよ。ごちそう、いっぱい作ろうね」

「お前はいったい――」

神獣王に問われ、どう説明しようか悩む僕の代わりに、ルッカとソラが答えた。

「ゆーと、ルッカとソラの、だいじだいじー」

「ジーノといっしょに、ルッカとソラ、たすけてくれたのー」

「お前が、二人を助けてくれたのか」

神獣王に見下ろされ、その眼差しの強さに一歩後ずさる。

「えぇと……はい。あの、ジーノと、それから白狐のペザンテやレントの騎士団の方々と、みんなで助けました」

「ありがとう。私の宝を守ってくれて。どれだけ感謝しても、しきれぬ」

がっしりと大きな手のひらで、神獣王は僕の両手を包み込む。

「ごーはん！」

「ごはんー！」

僕らのあいだに、ルッカとソラが割って入ってきた。

「そうだな。まずは食事にしよう」

ルッカとソラを抱き上げようとして、神獣王はむいっとその手を払いのけられる。

「おとうさまはー、おかあさまをー、たすけるのー」

「あかちゃん、だいじなのー」

神獣王の手を掴み、ルッカとソラはベアトリーチェの元に引っ張ってゆく。

細い肩を震わせて嗚咽を噛み殺す彼女を、神獣王が抱き起こした。

双子たちはこくっと頷き、僕とジーノの手を掴む。

「ごーはん！」

「ごはんー！」

またもや謎の歌を歌い、ルッカとソラは僕とジーノを引っ張るようにして、平和の塔を後にした。

第十章　帰還を祝う宴

レスティア城は、今までに見たどの城よりも大きく、瀟洒な城だった。

国務の行われる城と、王族の住まう王宮。その二つだけで、丸ごとひとつの街のように巨大で、建物や内部の装飾も、豪華絢爛で見事なものばかりだ。

思わず周囲を見回していると、「よそ見ばかりしていると、はぐれるぞ」とジーノに呆れた顔をされた。

僕より十センチ以上背が高く、凜と整った顔だちをした美形。

ピンと伸びた背筋。長い足で颯爽と歩くジーノの姿は気品に溢れ、まばゆいまでの華やかさと王子の風格を漂わせている。

どうしてもうさぎのぬいぐるみのイメージを拭い去ることができず、なんだかとても不思議な感じだ。

少しでも気を抜くと、迷子になってしまいそうなほど広大な王宮内。厨房も桁外れに広かった。

「す、すごい……！」

入社時の研修で一流ホテルのメインダイニングに見学に行ったことがあるけれど、そのとき見た大規模厨房がこぢんまりしているように感じられるほど、立派な厨房だ。

「ジーノ殿下!?」

厨房に現れたジーノの姿に、宮廷料理人たちが驚きの声を上げる。

「ルッカ殿下とソラ殿下まで!?」

「おてつだい、するのー」

にっこりほほえみ、ルッカとソラは手を挙げる。

「ひぇっ、殿下が、ですか!?」

「すみません。ルッカとソラ、いつも調理のお手伝いをしたがるんです。できるだけ、みなさんのお邪魔にならないよう気をつけますから、お許しいただけませんか」

「じ、次期国王陛下が、そろって厨房に……！」

慌てふためく宮廷料理人たちに構わず、ルッカとソラはおそろいの割烹着(かっぽうぎ)と三角巾(さんかくきん)をつけて、調理のための身支度を調(ととの)えた。

「それじゃあ、まずは黄芋(きいも)の皮を剥こうか。ほっくほくの黄芋コロッケと、黄芋サラダを作るよ」

「やったー！」

「ほっくほくー！」

ぴょんぴょんと飛び跳ね、二人は器用に子ども用ナイフを使って皮を剥く。

「私はなにをしたらいいんだ」

「ジーノも剥いてみる？」

今までうさぎのぬいぐるみ姿だったため、ジーノは一度も調理の手伝いをしたことがない。

「ああ、やってみる」

聡明そうな顔だちをしているし、器用そうに見えるのに。実際のジーノは、とてつもなく手先が不器用だった。

「痛っ……！」

ひとつ目の芋を剥き始めたそばから指を滑らせ、痛そうに悲鳴を上げる。

「ああ、大変。血が出てる。ルッカ、ソラ、力を貸してくれないか」

「はーい！」

ぴょこんと飛び跳ね、ルッカとソラが僕の手を握る。治癒の呪文を唱えると、あっというまにジーノの指の出血が止まり、傷がふさがった。

「お前たち……すごいな」

感心したように、ジーノが僕らを眺める。

「治癒と防御魔法しか使えないの、残念だなって思ったんだけど。ジーノが治癒魔法が苦手なことを考えると、ちょうどよかったのかもしれないな」

「ジーノとゆーと、ルッカとソラ。よにんそろうと、さいきょう！」

ルッカとソラが、自慢げに胸をそらす。

「ああ。だけど――残念ながら、ずっといっしょにはいられないだろうな。神獣王は、お前たちを手放さないだろうから」

傷の治った指をじっと見つめ、ジーノが呟く。

「やー！　ルッカ、ジーノといる！」

「ソラも。ジーノと、ゆーとといる！」

双子たちが叫んだそのとき、厨房内にどよめきが起こった。

「ベアトリーチェ殿下……!?　なぜ、殿下までこのような場所に……っ」

突然現れたベアトリーチェの姿に、ルッカは僕の背後に、ソラはジーノの背後に素早く隠れた。ルッカがぎゅうっと僕にしがみついてくる。

「なにをしに来た」

ジーノに問われ、彼女は目を伏せた。

ひとのいない場所で話したい、という彼女に促され、厨房の外にあるポーチに向かう。

いつのまにか、空が茜色に染まっている。幾重にも連なる赤と橙、灰のグラデーションがとてもきれいだ。

「この国を、出ようと思っているの」

お腹の子を守るように、そっと腹部に手を当て、彼女は絞り出すような声で呟く。

「贖罪（しょくざい）のつもりか」

ベアトリーチェの長い睫が、ふるふると震える。

背後に隠れていたルッカとソラが、ぴょこっとベアトリーチェの前に歩み出た。

「やー。おとうと？　いもうと？　ここでくらすの」

「いっしょにあそびたいのー」

びくっとベアトリーチェが身体をこわばらせる。瞳を潤ませた彼女に、双子はにっこりほほえんだ。

「だいじょぶ。ソラもルッカも、そのことなかよしする」

「だいじだいじ」

ベアトリーチェの瞳から、ほろりと大粒の涙が溢れる。

ジーノは小さくため息を吐き、彼女にハンカチを差し出した。

「出産は命にも関わる、大変なものなのだろう。安心して、この国で産むがいい。ルッカとソラは、我が国で預かるつもりだ。どちらにしても神獣王の子は、一定の年齢になったら母方の国で魔法の鍛錬を積むことになっているのだからな」

まずは母方の国で魔法を習得し、その後、レスティアに戻って武術を学ぶ。

それが、神獣王の子に課せられた習わしなのだそうだ。

無言のまま肩を震わせるベアトリーチェに、ジーノは双子たちの肩を抱いて告げる。

「王位を巡り、醜い争いが起こるのはどこの国でも同じ。二度とルッカとソラを害さないと誓うのなら、私は今回の件を神獣王に告げる気はない。――次にこの子たちがこの国に戻るときには、己の身などいくらでも守れるようになっているだろうからな」

「むー、ルッカ、ずっとジーノといっしょがいいー」

「ソラもー」

ぎゅうっとしがみついてくる双子の頭を、ジーノはそっと撫でる。

「それは、今決めることじゃない。まずは魔法も武術も極めて、一人前の神獣になる。王位を継ぐも継がないも、話はそれからだ」

「いちにんまえー？」

「ああ、一人前。覚えることが山積みだぞ」

「ほぁー……。ゆーともいっしょ？」

ソラに問われ、ジーノが僕に視線を向ける。

「いっしょ、だよ。僕はジーノの『依り代』だからね」

申し訳なさそうな顔をするジーノに、僕はほほえんでみせた。

「僕自身が、選んだことだ。この先も、ソラやルッカといっしょにいたいし、ジーノを助けたかったから。一ミリも、後悔なんかしていないよ」

ぎゅ、とジーノが唇を噛みしめる。ルッカとソラが、僕に抱きついてきた。

ジーノは二人の髪をやさしく撫でると、ベアトリーチェに向き直る。

「ルッカもソラも、きょうだいの誕生を心待ちにしている。わびる気持ちがあるのなら、元気な子を産み、よい子に育てろ。魔核の喪失は、生まれてくる子の魔力には影響を与えない、というからな」

ぽろぽろと涙を溢れさせる彼女に背を向け、ジーノはルッカとソラの背中に手をやる。

「ほら、ルッカ、ソラ、厨房に戻るぞ。悠斗先生に、料理の作り方をご教示願おう」

「ねがうー！」

「はらっぺこー！」

ぴょこんと飛び跳ね、今度はルッカがジーノに、ソラが僕に抱きついた。

レスティア王宮の大広間。大きく開かれた窓の向こうで、ドンと地響きのような音がする。

漆黒の闇夜に、色とりどりの大輪の花火が、ぱぁっと咲き乱れた。

「ほぁ！」

「きれい！」

身を乗り出すようにして花火を眺め、双子たちは手を叩いて歓声を上げる。

巨大なテーブルの上には、載りきらないほど、たくさんのごちそうが並んでいる。

宮廷料理人が腕を振るった豪勢な料理がずらりと勢ぞろいしているのに。ルッカとソラが最初に手を伸ばしたのは、みんなでいっしょに作った黄芋のコロッケだった。

ふかした黄芋を木べらで潰し、挽き肉やみじん切りにした野菜を混ぜこんで自家製のパン粉をまぶし、カリッと揚げた一品。

こちらの世界にはパン粉を使った料理は珍しいようで、ルッカもソラもサクサクほくほくの食感に、すっかり夢中になった。

揚げたてほかほかのコロッケに、二人そろってあむっとかぶりつき、満面の笑みで、はふはふしている姿は、とてもかわいらしい。

二人が苦手な青瓜をこっそり混ぜこんであることには、気づかれていないようだ。

できればこうやって、少しずつ好き嫌いをなくしてあげられたらいいなぁと、僕は二人の笑顔を眺めながら思った。

広大な国土を持ち、海に面したレスティアの国には、海の幸も山の幸もどちらも豊富にそろっている。

ひとくちサイズのハンバーグに海老フライ、鶏のクリーム煮やポタージュスープなど、子どもの好きそうな料理を、こちらの世界の材料を使ってたくさん作った。

肉汁たっぷりのハンバーグも、ぷりっぷりの海老フライも、双子たちはとても気に入ってくれたようだ。

ニコニコ顔で、口のまわりをベタベタにしながら、あむあむと頬張っている。

そして祝いの席にふさわしい、デコレーションケーキを模した華やかなちらし寿司も作った。

子狼ということもあって、ルッカもソラも肉が大好きだ。放っておくと、肉ばかり食べて、野菜や魚を食べようとしない。

そんな二人にバランスよく食べてもらいたくて、いっしょうけんめい考えた。

この国には米とまったく同じ穀物はないけれど、米より少しモチモチした食感の、リーゾという食べ物がある。ふっくらと炊いたそれをスポンジケーキに模して、ふわふわの錦糸卵や魚介を挟んで三段にする。

一番上の層を、魚介の刺身を巻いて作った薔薇の花や色鮮やかに茹でた海老、いくらのようなぷりっとした魚卵や、色とりどりの蒸し野菜を花びら型にくりぬいたものなどでデコレーションした、特製のちらし寿司ケーキ。

贅を尽くした宮廷料理が勢ぞろいするテーブルのなかでも、ひときわ目を惹いた。

「ほぁ、きれい！」

「ケーキにおはな、さいてる！」

取り分けてあげると、魚と野菜がたっぷり載ったちらし寿司を、ルッカもソラも一粒残らず笑顔で平らげてくれた。

「それにしても、ヴェスタで魔法の鍛錬か……。この子たちにはまだ少し早いのではないか」

ルッカとソラを魔法の鍛錬のためにヴェスタに連れて行きたい、と申し出たジーノに、神獣王は渋い顔を向ける。

「いいえ、ルッカもソラも、かなり早熟です。むしろ、今始めなくては、彼らのすばらしい能力を、生かしきることができなくなる恐れがあります」

「ベアトリーチェはどう思う？」

神獣王に話を振られ、ベアトリーチェはびくっと身体をこわばらせる。

彼女を安心させるように、ジーノが目配せをした。

「――ルッカとソラはどうしたいの」

ベアトリーチェは、双子たちにやさしい声で尋ねる。

「まほう、はやくおぼえたいのー」

「ソラも！」

元気いっぱい答えた双子に、彼女はぎこちないながらも笑顔を向けた。

「この子たちと離れて暮らすのが寂しいのですね？」

ベアトリーチェに問われ、神獣王は少し拗ねたような表情になる。

「無事に戻ってきてくれたばかりなのだ。もうしばらく、いっしょに暮らしていたくてな」

「彼らの教育係は、私が務める予定です。もしご迷惑でなければ、しばらくはこちらでお教えしましょうか」

ジーノの提案に、神獣王はほっとしたような笑顔になる。

「そうしてくれると助かる。そうだな、せめてこの子たちの次の誕生日までは。できることなら、いっしょに暮らしていたいのだ」

ベアトリーチェの魔力に操られていたころの神獣王が、どんなふうにルッカやソラに接していたのかはわからない。けれども、少なくとも今の彼は、双子のことを心底愛しているように見えた。

「ジーノもゆーとも、ここでくらしていい？」

心配そうに、ソラが尋ねる。

「当然だ。部屋を用意する。レスティアの王宮で、暮らしてもらおう」

「ゆーとのごはん、たべれる？」

「いつでも作るよ。二人が食べたいのなら」

僕が答えると、ルッカとソラはぶんぶんと、しっぽを振って喜んだ。

夢中になってデザートのパフェを頬張る二人を、神獣王がほほえましげに眺めている。

その隣で、ぎこちなさを残しながらも、懸命に笑顔を作るベアトリーチェの姿。

あんなことをしたのだ。すぐに、自然な形の家族に戻るのは難しいかもしれない。

どんなに仲良くしようとしても、いつか、生まれてくるきょうだいとルッカやソラのあいだで、激しく王位を争うことになるのかもしれない。

それ以前に、ルッカとソラでさえ、どちらが玉座につくかで、競うことになるのかもしれない。

それでも、ルッカとソラならきっと大丈夫だ。

二人なら、乗り越えられる。乗り越えていける。

——乗り越えられるように、支えてあげられたらいいと思う。

今の彼らが持っているやさしさや、思いやりの心が消えてしまわないよう、二人のそばで見守っていてあげたい。

「きっと、ルッカとソラなら大丈夫だ。——その前に私自身も、自国の玉座争いに決着をつけなくてはならぬのだがな」

苦笑をこぼしたジーノに、神獣王が身を乗り出すようにして告げる。

「能力の面からいって、ヴェスタ王国はお前が継ぐのが順当だろう。万が一、なにかの間違いがあったときには、私の腹心として、この国でその才能を存分に活かして欲しい」

「ありがたきお言葉、感謝します」

笑顔で答えたジーノに、ルッカとソラが、もふっと飛びかかる。

「ジーノといっしょ、うれしー！」

「ゆーともいっしょ、うれしー！」

そんな双子たちを見やり、神獣王がため息を吐いた。

「お前たちは本当に叔父っ子だな。私にはちっとも懐こうとしない」

「仕方のないことですわ。ジーノは、今は亡き、あのひとそっくりなのですから。幼いうちに母親を亡くせば、どうしたって恋しさが募るもの。ましてや、あなたは公務が忙しく、なかなか双子たちのそばにいられなかったのですから」

「なんとかして、いっしょに過ごす時間を増やさねばな」

しょんぼりと耳としっぽを垂れさせ、神獣王はジーノにべったりの双子たちを眺める。

「この子たちにとって、少しでもよい親になれるよう、私もあなたも、しっかり頑張らなくてはなりませんね」

双子たちを眺めるベアトリーチェの眼差しが、やさしく細められる。

その言葉を、僕は信じたいと思った。

魔力をたくさん使ったうえに大はしゃぎし、満腹になりすぎて疲れ果ててしまったのかもしれない。

いつのまにか、ルッカとソラが子狼姿になっている。

「わふー」

「はうー」

狼型になっても、にこにこの笑顔だということが伝わってくる。

ルッカは僕の膝の上で、ソラはジーノの膝の上で、甘えるようにごろごろしている。

「お前たち、食事の席で行儀が悪いぞ」

眉を吊り上げた神獣王を、ベアトリーチェがクスクスと笑う。

「あなた、ジーノや悠斗が羨ましいんでしょう」

「う、うるさい！」

悔しそうな顔で、神獣王が頬を赤らめる。

「ルッカ、ソラ、ちょっと私の膝にも乗ってみないか」

「やー！」

双子たちは即答して、ジーノと僕の膝に、すりすりと顔を埋めた。

窓の外で、大きな花火が上がる。

今夜の宴を、しめくくるかのような盛大な花火だ。

さっきまであんなに花火に夢中だったルッカとソラは、夜空を見上げようとせず、僕やジーノの膝の上で眠たそうにあくびをしている。

「ルッカ、ソラ、今夜は久々に私と眠らないか」

神獣王に問われ、ルッカもソラもなにも答えない。寝たふりをして、僕らにぎゅっとしがみついた。

「前途多難ですわね」

ベアトリーチェにからかわれ、神獣王はぺたんと耳を垂れさせる。

「おやすみ、ソラ。おやすみ、ルッカ」

かがみこむようにして双子に熱烈なキスをし、神獣王はベアトリーチェに慰められながら、自室に戻っていった。


僕らに用意された部屋は、どちらも同じくらい広く、立派な客間だった。

「友好国の王子さまと、得体の知れない僕と、神獣王は同じ部屋を用意するんだね……」

「ああ、国王陛下はとても公正なひとなんだ。ひとを身分や出自で差別したりしない。私のこともお前のことも『ルッカとソラの恩人』として、同様にもてなそうとしている」

せっかく用意してくれた客間だけれど、ルッカとソラが離れたがらないため、僕もジーノも双子の部屋で眠ることになった。

彼らの部屋は桁外れに広く、部屋の中央に天蓋つきの巨大なベッドが二つ並んで置かれている。

「ルッカ、ソラ。今夜はどちらのベッドで眠るんだ？」

ジーノに問われ、二人は顔を見合わせる。てとてとと駆け出し、わふっとジャンプして、二人は右のベッドに飛び乗った。

「ジーノ！」

「ゆーと！」

ジーノはルッカに呼ばれ、僕はソラに呼ばれ、彼らの隣に横になる。

いつのまにか人型に戻った二人は、それぞれジーノや僕の胸にすがりつくようにして目を閉じた。

しばらくすると、すぐに寝息が聞こえてくる。

愛らしい寝顔に、思わず頬が緩んだ。

二人を挟んで向かい側に寝そべったジーノも、愛しげに目を細めている。

「ジーノは、本当にこの子たちが大切なんだな。甥っ子のことを、命を投げ出してもいいと思うくらい愛しく思えるなんて……すごいことだと思う」

ずっと感じていたことを告げた僕に、ジーノは穏やかな声音で答えた。

「ルッカとソラは『希望』なんだよ。この世界ではとてつもなく希少な存在なんだ」

「それは、神獣王や、ジーノのお姉さんみたいな偉大な魔法使いの血を引いているから？」

「それだけじゃない。あちらの世界の人間には理解しづらいかもしれないが――こちらの世界には、こんなふうに仲のよい王族の兄弟は、まず存在しないんだ。生まれたときから、過酷な王位争いに晒されているからな」

長い睫を伏せ、ジーノは呟いた。

「王位争いって、どこの国でもそんなに厳しいのか？」

「ああ、凄まじいな。ベアトリーチェが特殊なんじゃない。どこの国も自分の子を王位につかせるために、王妃同士が醜い争いを繰り広げているし、子どもたちも日々熾烈な競争に晒され続けている。我が国には私の母以外にも十二人の王妃がいて、男子だけで十七人いる。十六人の弟全員から、私は一度たりとも笑顔を向けられたことがないんだ」

「兄弟仲が、あまりよくないのか」

「よくない、なんてもんじゃないな。第一王子の私がルッカやソラを誘拐したと聞いて、全員が盛大な祝杯を挙げただろうよ」

自虐的な笑みを浮かべ、ジーノはいつになく冷ややかな声でいった。

「酷いな……。この国にもたくさん王妃がいるのか」

「いや。神獣王は特殊だ。この国の国力なら、百人の王妃を集めてハーレムを作ることだってできるのに。あの男はひとりの王妃しか愛さない。どんなに側室を持てと薦められても、姉が亡くなるまで、誰一人として娶ろうとしなかった。姉が亡くなってからは、ベアトリーチェに夢中で、他の女性にはいっさい興味を示さない。魔法のせいかと思ったが、彼女が核を失った後も、あの様だからな」

魅了の魔法が解ければ、神獣王の寵愛も冷めるかと思ったのに。

食事の席で見た限りでは、神獣王はすっかりベアトリーチェに夢中で、彼女の尻に敷かれているようだった。

「あんなにもひとりの女性だけに愛情を注ぐ王族の男は、こちらの世界ではまず存在しない。そういう特殊な男の息子だからこそ、ルッカやソラも、こんなにも仲がよいのかもしれないな」

起こしてしまわないよう、ジーノはそっと二人の髪を撫でる。

双子たちは気持ちよさそうに、ふみゃあと眠ったまま笑みをこぼした。

「神獣王やルッカやソラのように愛情深い人間が国を治め続ければ、きっと国民も同じように、家族を愛するようになるだろう。私は、見てみたいのだ。皆が慈しみあって生きるようになった世界を。そのためにも、二人には清らかな心を持ったまま、健やかに育ってもらわなくてはならぬ」

なにかを耐えるような表情で、ジーノはそう語った。

「僕の目にはジーノも、神獣王やルッカやソラと同じくらい、愛情深い人間に見えるけれどな」

僕の言葉に、ジーノは驚いたように目を見開く。

「私が、か。ありえない。私は、むしろ冷たい人間だと、よくいわれる。私が愛情をもって接するのは、ソラとルッカだけだ」

「そうかなぁ、バルド団長や僕にも、やさしいように思えるけど？」

「バルドにやさしい!?　ありえんな。お前に対しても、やさしくした覚えなど一度もない！」

きっぱりと言い切るジーノに、僕は思わず吹き出してしまいそうになった。

確かに、ジーノの顔だちは整いすぎていて、氷のように冷たく見えるけれど。

実際の中身はとてもあたたかいことを、ルッカもソラもバルドも、おそらくみんなが知っている。知らないのはたぶん、ジーノ本人だけだろう。

やさしい、といわれたことが、納得いかないのだろう。ジーノは拗ねたような顔をして、ぷいっと僕から顔を背けた。

「お前には、本当に悪いことをした。こちらの世界のいざこざに巻き込み、依り代にまでしてしまって……どれだけ謝っても謝りきれない」

ジーノの声が、悲痛そうに歪む。

「お前がこちらの世界で、できるかぎり不自由なく、しあわせな一生を送ることができるよう、尽力すると誓う」

「別に、そんなことを誓わなくていい。僕は料理さえ作っていられれば、しあわせなんだ」

あちらの世界では、親や周囲に流されて、選ぶことのできなかった、本当に進みたかった道。今度こそ、選ぶことができたらいいと思う。

「もし、なんでも願いを叶えてもらえるというのなら、僕はルッカとソラの専属料理人になりたい」

「一生涯遊んで暮らすことだってできるのに。料理人になりたいのか」

「なりたいね。もっとこの世界の食材や調理法を学んで、ルッカとソラに『おいしい！』って、毎日、笑顔で食べてもらえる料理を作りたいんだ」

この先、熾烈な権力争いに巻き込まれることになるかもしれない、ルッカとソラ。

少しでも二人がしあわせでいられるよう、おいしい食事で癒やしてあげたい。

毎日、笑顔で食事をとり続けていれば——もしかしたら、奇跡が起こるかもしれない。

「たとえばさ……ルッカとソラなら、このままの無邪気さで育てば、『二人いっしょに王さまになる！』とか、言い出しそうじゃないか。『ひとりしか王になれないなんて、誰が決めたの』って」

僕がそういうと、ジーノはおかしそうに吹き出した。

「確かに、今の二人ならいいそうだな。あぁ、そうか。もしかしたら……二人が仲違いせず、争わない未来も、存在するのかもしれないな」

噛みしめるような口調で、ジーノは呟く。

「目指そう。そういう未来を。願えばきっと、世界は変えられるはずだ」

僕のシャツから手を離し、ソラが、こてん、と寝返りを打つ。

ルッカも同じように、寝返りを打った。

向かい合わせになった二人が、ふにゃふにゃと寝言をいいながら、互いの手を探す。

手探りに見つけたそれぞれの手をぎゅっと握りあい、二人は眠ったまま、しあわせそうな顔で笑った。

僕とジーノは互いに顔を見合わせ、小さく笑いあう。

「レスティアの未来は、きっと明るいな」

「ああ、できればヴェスタも、あやかりたいところだ」

「――明るくできるよ、ジーノなら、きっと」

「だと、いいな」

ジーノは目を細め、嬉しそうに笑った。

邪気のない笑顔。その笑顔が、少しだけルッカとソラに似ているように感じられた。

「そろそろ私たちも寝るか。悠斗は向こうのベッドで眠るといい。私は、久々にこの子たちと眠ることにする」

「ジーノこそ、向こうでゆっくり寝なよ。牢のなかじゃ、あまり眠れなかっただろう」

僕の言葉に、ジーノはむっと唇をとがらせる。

「そんなことをいって、双子たちとの添い寝を、一人占めしようとしているな！」

「ジーノこそ。っていうか、僕はこの子たちといっしょに寝るって約束したんだ」

「向こうに行け。双子との添い寝は私の特権だ！」

「わ、大人げない。大きな声を出すなよ。ルッカやソラが起きちゃうだろ」

互いを非難しあった後、僕らは顔を見合わせ、声を押し殺して笑いあう。

「私は、ここで寝る」

「僕も、だよ」

譲らないから、と告げて、目を閉じる。

おやすみ、とジーノの声が聞こえてきた。

偉そうで、冷たい感じがする声だって、最初は思っていたはずなのに。

彼の声はなんだかとても、やさしくてあったかに感じられた。


その夜、僕は神獣王と同じくらい、たくましく成長したルッカとソラが、仲良く並んだ二つの王座に腰かけ、満面の笑みで手を振っている夢を見た。

二人の頭には、おそろいのデザインの王冠が光っている。

大人になった二人も、僕の料理を「すき」といってくれるだろうか。

二人を笑顔にできる料理。

ずっと作り続けられるよう、頑張りたいなぁ、と僕は夢のなかで強く、強く願った。

おわり

コスミック文庫α

異世界で双子の腹ぺこ神獣王子を育てることになりました。

2021年11月1日　初版発行

【著者】　遠坂カナレ
【発行人】　杉原葉子
【発行】　株式会社コスミック出版
〒154-0002　東京都世田谷区下馬 6-15-4
【お問い合わせ】　一営業部一　TEL 03(5432)7084　FAX 03(5432)7088
一編集部一　TEL 03(5432)7086　FAX 03(5432)7090
【ホームページ】　http://www.cosmicpub.com/
【振替口座】　00110-8-611382
【印刷／製本】　中央精版印刷株式会社

ISBN978-4-7747-6331-6 C0193